在家

Judith Hermann

［德］
尤迪特·海尔曼

著

史竞舟

译

Daheim

上海文艺出版社

献给 K. 和 B.,
怀着爱和友情

三十年前的那个夏天，我住在西边离河很远的一个地方。我在那座中等城市的新区租了套单人公寓，平时在卷烟厂上班。我的工作很简单，就是确保烟条笔直地喂入切割机，就这么简单。其实这个过程是靠机器来完成的，机器上装着传感器，传送带伴随着嗡鸣声一路经过，如果上面的烟条没摆正，机器就会自动停下来——停的一瞬间会猛地一震，就像一个人跑着跑着突然"砰"的一声撞到墙上。那台传感器经常失灵，所以我必须站在机器旁边盯着，如果烟条歪了就给它摆摆正。从七点站到十二点，然后是半小时午休时间，午休完了再接着站三小时。我总是不由自主地望向别处。我一面出神，一面朝切割机那边看过去，烟条在里面被切割成一根根单独的香烟，成千上万根香烟从里面掉出来。供整个城市的人抽的烟。上班前抽的。饭后抽的。吵架时抽的。恋爱中和失恋后抽的。

来一根好了。

卷烟厂的工作也还好。我总是心不在焉，或者说我从没融入那个环境里。我戴着耳塞，其他人不戴，她们是那样执着于在噪声震天的车间里交谈，我因为戴着耳塞听不到她们在说什么，但是能看到她们在互相喊话。她们红光满面，脖颈上露出一条条鲜明的肌腱，看上去是那么地健美。她们会互相打手势，那些手势简短而精准，用来表示乱搞，完蛋，生气，表示一件事情的结束，或是大功告成。她们总是大笑不止，互相指着对方，拍着大腿笑个不停，一面用手背擦眼泪。她们中的大多数都很漂亮，尽管身上套着松垮肥大的罩衫，头戴磨得起了毛的纱帽，尽管车间里的温度都快把我们烤熟了。

午休时间必须互相问候"胃口好"。胃口好。在电梯里，过道里，食堂里，在排队打饭的人群里。我极不情愿开口说这三个字，有一次被他们发现了，把我叫到了工长办公室。

工长坐在他的办公桌后面，前前后后来回滑动着转椅，从头到脚打量我，他对自己看到了什么并不特别在意。他点了点头，像是明白了什么并且一直对此了然于胸似的，同时无聊地打着哈欠。

他边打哈欠边说，说"胃口好"是这儿的规矩。

我说我不知道您在说什么。

他说您很清楚。

我当然清楚。我没打算待在这里,更没打算待一辈子,我就是受不了说"胃口好"这三个字。

他说,听着,这很简单,如果你不会说"胃口好"这句话那就走人。

说什么并不重要,重要的是规则和权力。我想了下他口中的称呼为什么突然从"您"变成了"你",想了下办公室里的温度,这间他在里面杀时间的办公室;我们俩就那样直视着对方。

然后他放我走了。

晚上我常常一个人坐在自己五楼的阳台上。某个前任租客留下来几个花盆,里面种着我从没见过的植物。柔嫩的绿茎上开着只有火柴头那么大的小白花,我从没浇过水,但它们一直活着。阳台地面上铺着塑料草坪,放了张折叠桌和单独的一把椅子,从这里望出去可以看到通往城外的主干道和路边的加油站。

我很喜欢这景象。

加油站的蓝色灯箱,进进出出的车辆,货架上用塑料纸包着的可怜巴巴的花束,堆放在门口的袋装烧烤炭。我喜欢看人们如何从他们的车里钻出来，一面加油，一面盯着显示屏上快速翻动的数字发呆。看他们如何走进加油站大厅，翻报纸，买啤酒，巧克力和薄荷糖。我想象他们所有人都在做长途旅行，他们把车子加满油，要到很远的地方去，只是途经这里。如果你向他们问路，他们会耸耸肩说，噢，我不是这里的，我也不清楚。抱歉。

我坐在阳台唯一的那把椅子上，脚搭在桌沿，抽着从厂里弄来的烟，把烟灰弹到栏杆外，然后把烟蒂丢进可乐罐。那段时间我抽得很凶。那是个特别热的夏天，我总是穿着内衣坐在外面，一直坐到天黑。楼房里的灯光渐次亮起来，星星点点的车灯倏忽间照亮了公路。太阳消失了，余热未消。热气滞留在楼和楼之间挥之不去，和白天相比没什么变化。我习惯去加油站买冰激凌吃。我套上吊带裙趿上人字拖，带着钥匙和零钱下楼，我不坐电梯，而是从空气污浊又有些脏的楼梯间走着下去，也从不开里面的灯。外面比白天时更热了，柏油路烤得发软，所有看得到的窗户都大敞着，里面传来电视机的声音，吵架声，关门声。汽车以慢镜头般的速度缓缓驶到油泵前，人们像是在半梦半醒中给自己的车加油。加油站大厅的门是自动的，里面明亮又凉爽。收音机总是开着。我拉开冰柜门，在敞开的冰柜前磨蹭半天，最后从里面取出一盒"莫斯科"冰激凌。只可能是"莫斯科",从不会是别的牌子,尽管如此每次我还是会这么做,就好像我真的在犹豫不决。收银台里坐着一个女人,年龄和我现在差不多,令人意想不到的是她在看书,只有在不得不收银的时候才极不情愿地把书撂到一边,这让我印象深刻。每晚都是同一个女人在收银,整个夏天我们没有聊过一句。

我要讲的那个晚上,收银台前面站着两个刚刚加过油的人,手里捧着一大堆薯条甘草糖香烟之类的东西。我想了一下要不要站在敞开的冰柜前等上一会儿,把半截胳膊埋进冰凉而又干燥的空气里,但最后还是合上冰柜门,走过去排队。这时,商店的自动门"嗡"的一声开了,一个年老的男人走了进来。他身穿一套考究中透着点寒伧的黑色西装,头发雪白,一张饱经沧桑的脸好似干柴,看上去像是刚刚参加完一场国葬。我用余光瞥见他从外面进来,直接排到我身后。他的两只眼睛毫不避讳地死死盯住我裸露的双肩的正中间,我能感觉到他的目光,便下意识地往前挪动了一步。过了一会儿,他碰了碰我的胳膊肘,我转回头去。

他说,您个子不高,对我来说正合适。

我能清楚地记得他的嗓音。他说话很轻,对一个上了年纪的男人来说异常地清晰，同时又有点沙哑；也许还带一点南方口音。但这不是重点，我要说的是，他的话听上去并不暧昧，一点都不猥琐，只是非常地怪异，让人摸不着头脑。那时候我并不算是身材矮小的人，现在不是，当时也不是，我身高一米六七，矮吗？不。我也是这么对他说的。

他把两只手举到面前，手心向着我。一双很干净的手，上面布满了老茧。

不不，不是说您个子矮，当然不是；您不矮，您的身高很正常，但对我的绝活儿来说您的个头足够小，您的脚正合适，肩膀也不宽。我需要一位新助手，您看上去再合适不过。

他当时就是这么说的。

我说，做什么的助手。

我并不想问他什么，但还是问了。其实我压根不想和他搭话，可一不留神对话已经开始了。

他说，就是躺在箱子里，身子被锯成两截的少女。我需要一位被锯开的助手。我是个魔术师。

那些拿着薯片啤酒香烟的人忽然消失得无影无踪。收银台后边的女人一动不动地盯着我们俩说，下一位——

怎么回事？下一位，到您了；一盒"莫斯科"冰激凌，还要点别的什么吗。

我说，不了谢谢，抱歉，不要了，就这个。

我付了钱。那个老男人还跟在我身后，他紧紧尾随着我，摆脱不掉。

他说，可以一边走一边跟您讲几句话吗。

您不要先结账吗。

噢不，我没有加油。刚才我隔着窗户从外面看到了您；我从这里路过，然后无意中发现了您，就跟着进来了。

坐在收银台后面的女人把目光从我们身上移开。她的目光中没有任何表示，无论如何她也帮不到我什么。她转过身去，重新打开书读了起来，右肩对着我们，只留下一个沉默不语的侧脸，我只好和那个男人一起走了出去。对于一个年老的男人来说他走得很快，步伐敏捷，像在跳舞；他个子没有我高，有些驼背，看上去并不像一位魔术师。

我说，好吧，但您不可以跟着我。

他说，好的，可是您要不要考虑一下？很简单，您只需要躺到箱子里，让我把您锯断就可以了——假装锯断，然后我再把您的身体重新复原；您可以来找我，我们来试着做一下。

其间不论说到什么，比如箱子，锯开，复原这些，他都会做出相应的手势。我知道这种把美女拦腰锯断一分为二的魔术，在电视里见过。是那种老掉牙的，世人皆知的把戏。

我说，嗯，我不太确定。

他说，是的我理解，您不必担心，到时候我妻子也在场，有她在一旁照应绝不会发生任何意外；您只要躺下来就可以了，可能会需要您穿一条红裙子。真的一点都不难。

我默不作声，他的目光掠过我，朝高楼上亮着灯光的窗口望去，脸上带着从容而又温和的笑意。他的外套整洁得有些扎眼，显然仔细熨烫过，十有八九是量身定制；脚上是一双蛇皮做的尖头鞋，这是他身上唯一可疑的地方，那双鞋显得过于花哨，而且上面蒙着一层灰。

现在他把两只手揣进裤兜。他已经不需要再向我比画什么了。

显然他一点不觉得热。

他给人一种从容自若的印象。

他说，您再考虑一下，静下心来好好想一想；想好了就来找我们，地址是施泰因街7号。我们一般都在。

我说，我想想。

说完我转身离开，把他一个人晾在那里。我没有朝我住的那栋楼走，而是朝另一个方向走去，我觉得没必要让他知道我住哪。我把"莫斯科"冰激凌的包装纸撕开，发现它已经化了，成了沥沥拉拉的一坨，我只好扔掉。

我考虑了一周要不要去。整整一周我每天都在机器前站八个小时，脑子里一刻不停地在想这件事。下了班回到住处，我在阳台上一直坐到深夜，烟抽得比以往还凶，一面抽一面不停地想，搞得自己心力交瘁。七天后我终于投降了，开始在地图上搜索施泰因街这个名字。那条街在城市的另一头，不知道他那天是不是在我住的这片地方找什么丢了的东西，否则为什么会穿着一身熨得笔挺的西装和一双蛇皮鞋在这里走来走去。我想了半天才想好要穿什么，当时我有一条红裙子一条蓝裙子，我先穿上红的那条试了试，又脱下来，最后决定穿蓝的。我梳好头发，在镜子前站了很久，又在餐桌前坐了一会儿，然后起身，出门。之所以出门，是因为这样一来就不用再翻来覆去地考虑到底要不要去了。

我不得不坐上公交车，中途还换乘了一次，然后沿着一条两边都是独栋别墅的街道走了好一段路。那些别墅前面横着刷了白漆的围栏，露台上装着秋千吊椅，草编的遮阳篷下放着一些陶盆，里面种着杜鹃花，洒水器立在修剪齐整的草坪上，喷出彩虹似的水雾。敞开的车库里停着私家车，后边是堆得有模有样的柴垛，院里的小径上铺着沙砾。住在这里的既不是穷人也不是富人，他们算是有那么点资产，相比之下我想我什么都没有。我随身带了只挎包，里面装着我的钱包、钥匙、香烟、打火机，就这些。这就是我当时的全部家当，或者我自以为不需要更多。我觉得自己很快就会从这个平平无奇的城市搬去另外一个地方生活。

魔术师的别墅是那条街上的最后一栋，看上去和其他别墅没什么两样。别墅后面连着山，柏油路到这里就是尽头，转而变成一条狭窄的土路向前延伸，消失在茂密的金雀花灌木丛里。他的车库里没有车，也没有柴垛。花园里的树上长着深色的、近乎乌黑的叶子。百叶窗都落了下来，大概因为天气炎热的关系。我站在房子前面犹豫了一会儿，也许是在想要不要改变主意。或许我最终希望的是房子里根本没有人。但是门开了，他走了出来。那个魔术师，穿着他的蛇皮鞋和西装裤，身上是一件背心。他在屋里已经看到了我，此刻他正张开手臂朝我迎上来，看得出来他很高兴。

请进，请进。您考虑了我的建议，这太好了，真是好极了。您还是决定来了，我很高兴。

于是我就进去了。

我怎么能抗拒得了。

我跟着他进了房子。他为我挡着门，之后又很小心地在我身后把门关上。进去之后是个狭长的过道，衣帽架上空无一物，他指了指挂在上面的一个衣架，但我没什么需要挂上去的。

他把我领进客厅。客厅有一面宽敞的落地窗正对着外面的花园，百叶窗是卷上去的，但通往露台的门紧闭着。房间中央是一个架在两张木凳上的箱子，周围摆着三张椅子，其中一张上面坐着一个女人。她看上去比她的丈夫还要老，身材瘦小，穿一件丝绸衬衫，上面镶着一圈高领，这让她看起来像维多利亚女王。和她的衬衫截然相反，她的头发像是一团洗碗用的钢丝绒，短而蓬乱，泛着金属般的光泽。我进来的时候她站起身，两手往身后一背，脸上没有丝毫笑意。

她对她丈夫说，她个子其实不算小。

他说，她再合适不过了，你会同意的。

我觉得她的态度很不礼貌，于是忍不住说，您为什么不自己来呢，您可以亲自做他的助手，您的个子不高，为什么您不自己躺进去让他把您锯成两截呢。

她从背后伸出左手，眯着眼睛摆了摆。

我太老了，观众不喜欢我这样的。

他说，就是这样，她说得没错。您请坐，咱们来喝点冰茶。我就知道您会来的，我确信您会来。我等了几天，但我知道，您在仔细考虑之后就会来找我。天气实在太热了，咱们先喝点东西，然后就开始。

于是我们坐下来喝冰茶。我们三个人一起，围坐在那个箱子旁。事先备好的冰茶盛在一只茶壶里，茶壶放在窗台上，旁边还有三个玻璃杯；看来他们的确预料到我会来。冰茶闻上去有柠檬和薄荷的味道，带着一丝丝甜味，里面加了冰块。魔术师的妻子咔嚓咔嚓地嚼着冰块，那声音大得不可思议。她嚼了一块又一块。她坐在自己的椅子上，像个老小孩儿似的把两条腿晃来晃去，又像是一个侏儒。她一面嚼，一面歪着头打量我。

她说，您是做什么的。

我说我在卷烟厂上班。

她说，您抽烟吗。

我说当然。

您结婚了吗。

没有。

没有人等您回家,也没有人需要您来照看。

我一字一顿地说,对,没有人需要我照看。

您的父母呢。

不在了。

其实我妈妈和我哥哥都还活着,但我不觉得这跟她有什么关系。我不知道她为什么要问我有什么人需要照料。我想,如果她问我来这里之前有没有告诉过别人,我就起身走人,但她没再发问。她看了一眼她的丈夫,他微笑着点了点头。一个温和而又特别的笑容。

他说,您知道吗,我们会到一艘船上去,我们三个人一起,我太太,我,还有您。到一艘豪华邮轮上去,极光号。到时候会给您单独安排一间外舱房,您可以对着舷窗,一面眺望大海一面抽烟。我们每周有三场演出,船开到新加坡再开回来,总共三个月时间,您觉得怎么样。

我不知道该说什么。我环顾了一下客厅,房间很空,没有住人的迹象,找不到任何能够透露屋主身份的物品——墙上没有照片,橱柜上也没有任何小摆设,整个房间内唯一有的就是我们坐着的三把椅子,还有那口箱子。箱子有点破旧，外面贴着蓝色的金属纸和银色的星星，正中间有道缝，左侧一个洞，右侧两个洞。就这些。这已经是三十年前的事了，但即便是在三十年前，那箱子也显得有些滑稽。

在我打量箱子的时候，那个老男人一直注视着我。

他说，您准备好了吗，您还觉得渴么。

我说，我准备好了。我希望马上把这件事了结。

他说，太好了，我们这就开始，马上。

他站起身，把他坐的那把椅子移到靠近箱子的位置。

他说，正式演出的时候会在这里装一个台阶，或者说是一个名副其实的小型典礼台。您走上去，然后我把箱子打开，您钻进去。

我脱掉人字拖，光脚站到椅子上。

他说，您不必害怕。

我说，我没有害怕，没什么好怕的。

他打开箱子，里面铺着一条折得整整齐齐的毯子，箱子一头放了一只皱巴巴的枕头，另一头上面插着两只假脚，脚上套着黑色的漆皮鞋。

他先指了指枕头，又指了指那两只假脚。

这边当然是朝头的一侧，那边朝脚。您躺进去，头从洞里探出来，露出您美丽的头；用脚把两只假脚蹬出去，晃一晃，然后我一合上箱子，您就把腿蜷起来，整个人缩到箱子一侧——明白？

他停下来问了一句，因为不确定我是不是听懂了。

我说，明白了，然后呢。

他说，您最好能侧着身子把腿蜷起来，里面太窄了，我很抱歉，不过不用坚持太久，接下来我会把您的身体锯开——用我的魔术，说到这里他脸红了，微微泛红的脸庞上透出几分自豪的神气。之后我再放您出来，就这么简单，他说。

我钻进箱子，躺倒，把脑袋从洞口探出去。那个皱巴巴的枕头躺上去竟然舒服极了。之前谁曾枕过呢？我伸开脚，把那两只假脚从箱子里推出去。他合上箱盖。我蜷起腿的时候膝盖不小心扎到了一根刺。箱子来回晃动，我感到闷热难耐。他的妻子一丝不苟地注视着我们，她眨起眼来像一只乌鸦。

他说，好的，就是这样；您缩到箱子一侧了吗。

我说，是的。

他从箱子下面取出一把薄薄的钢锯，用手在上面拨了一下，钢板微微震颤着，让人联想到木偶戏里那种从远处传来的雷声。

他说，到正式演出的时候我们会再造点气氛出来，现在只是这么简单排练一下，好让您了解一下整个过程，您准备好了吗。

我说，准备好了。

他又一次拨动钢板，接着把它对准箱子中间的那道缝插了进去，做出拉锯的动作。我能感觉到钢锯触碰到我光着的脚底，凉丝丝的，有一点点痒。

他说，正式演出的时候我们还会弄点烟雾出来，再配上音乐；我们会加些光效，舞台上会打光，您明白吗？

啊哈，我说。

我仰面躺着，双手交叉放在肚子上，两条腿侧着蜷起来。从记事起我就有一种本领，能把自己整个缩起来，像一只缩到壳里的蜗牛，或者是那种把自己滚成一个球的蜘蛛什么的。箱子里面很不舒服，虽然不费什么力但也还是不太舒服，有那么一瞬间我感到自己快要晕过去了，我想，他们是不是往冰茶里加了什么东西，等我醒来的时候会不会发现自己被活埋了。片刻之后我真的感觉到自己被一分为二了——不是身体，而是大脑。或者是心。我感觉自己的心裂成两半，我躺在那里，却又像是在别的什么地方。另一个地方，很远很远的地方。然后就一下子结束了，如此迅速，猝不及防，我还以为是我的错觉。

他把钢锯从箱子中间抽出来，掀开箱盖，我伸直身体，把那两只套着漆皮鞋的瘆人的假脚拽回来，爬出箱子。我踩到他原先坐过的那张椅子上，然后重新回到地面。我以一种局外人的眼光看着这一切，我无法想象什么人会被这套把戏吸引，那就像是在小孩子的生日派对上搞的名堂，演给托儿所或者养老院的人看的。

那个女人说，您感觉如何。

我说，能有什么感觉呢，和之前没什么两样，我感觉很好。您为什么问我这个。

她移开了视线。

她说，只是随口问一下。

她说，不过您得给自己加点戏份，您不能那么马马虎虎爬进爬出了事，得拿出那么一种姿态来，您得认真对待这个事。

我说，您的意思是我应该昂首挺胸地爬进去，再昂首挺胸地爬出来是吗。

她的丈夫说，她能行。

显然他认为得插话进来打断我们。我知道她能做好，观众看了一定会很兴奋，他们会喜欢的，他说。

我重新坐回到自己的椅子上。出乎意料的是我们又一起坐了好一会儿，但并没说太多话。她平静下来了，我也是。我们望着窗外的花园，风从树丛间吹过，拂过黑黝黝的树叶，它们看上去几乎不像树叶，而更像是水，墨绿的、漆黑的水。我们三个全都一言不发地望着窗外。很可能这根本不是魔术师和他妻子的花园，这别墅也不属于他们。他们只是临时待在这里，他们不住在任何地方，他们乘船旅行，带着他们的箱子什么的。说到底，他们很可能是那种四处漂泊的人。

房间里如此安静，我不由得怀疑自己是不是耳聋了。我清了清嗓子，发现能听得到自己的声音。

我说，您还变些什么魔术。

他过分谦和地点了点头，以至于让我觉得有点难过。

他说，噢，用纸牌变的那种算吗，还有手绢戏法、数字魔术，或者意念魔术。我能读出别人脑子里的念头。

我说，没有那种变兔子的吗，或者白鼠啊鸽子什么的。

他摇了摇头。

不，没有变兔子和白鼠的。"极光号"上不允许带兔子老鼠鸽子这些。

我和他对视。他的箱子是个笑话，但这笑话被一团毫无生气的黏稠的东西包裹着。我试着什么都不去想，现在想来恐怕我还是慢了半拍。或许对他来说还是太慢了。

他说，您有长时间地在船上待过吗，您有没有乘船旅行过。

没有，从没有过。

乘船旅行是种很特别的体验，您会发现那很美妙。眺望大海令人舒畅，一早一晚，看日升日落——那是一种馈赠。

他伸出他那干燥的手。

他说，您就答应我，和我们一起走吧。您有一周的时间来收拾行李，我们七天后出发。下周一的中午十二点，您到火车站来和我们碰头，然后我们花半天时间乘火车到港口，船在当天夜里起锚。您尽可以好好休息几天，从从容容地喝您的咖啡，一边收拾行李。然后我们一起上路。

我吸了一口气，朝他伸过手去，他轻轻地握了一下我的手，不带丝毫强人所难的意味。这时他的妻子站了起来，我以为她也会说点什么，但是没有。她只是站在那里，幽蓝的瞳仁仿佛刺李。她的瞳仁周围似乎没有眼白，但当时我并不觉得诧异。她没有伸出手来和我握手，我也并不感到意外。

接下来的一周我开始收拾行李。我每天往箱子里塞点什么进去。没想到我竟然有那么多的东西，多得收都收不完。白天我照旧去卷烟厂上班，塞上耳塞闷头工作，连续五天，烟支都顺畅无阻地进入切割机。午餐时间我并不跟其他人打招呼说"胃口好"，我只是动动嘴唇，装作在发那个音的样子。我仔细想了一下要不要去工长那里辞职，告诉他说我不干了，我要给一位魔术师做助手，和他一起乘坐"极光号"豪华邮轮到新加坡去。我敢说在他那间办公室里从来没人说过"新加坡"这个字眼，同样可以肯定的是他不会相信我所说的。我想我也可以一声不响直接走人，所以最后，我没有告诉任何人。

那几天夜里我坐在阳台上。一辆又一辆汽车开到油泵前面，停一会儿，接着开上公路，加速，疾驰而去。我用目光追随着这些车辆的背影，直到它们消失为止。我一面朝加油站的方向张望，一面想，那个老男人肯定会再去那里等我，问我到底要不要去。但他并没有来，或者他来过，只是没被我碰上。

约定启程的那一天我起了个大早。我喝下一杯咖啡，接着又喝了一杯。空中堆满了大团大团的积云，天热得令人窒息，没有一丝风，似乎是暴雨来临的前兆。我把咖啡杯洗干净，关掉热水器，整理好床铺。我把房间里所有的插头都拔下来，敞开空空荡荡的冰箱，拧上水管阀门。我把行李箱放到走廊上靠门的位置，然后坐到阳台上点了根烟，一边抽，一边等雨来。临近中午时开始有雨点落下来，柏油路上水汽弥漫，闻上去有一股湿土和植物的味道。

好了。

这就是我想要告诉你的。

我原本已经忘记了那个躺在箱子里被魔术师锯开的年轻女郎的故事。直到现在，时隔近三十年后，我才又想起了她。因为圩田上的这栋房子，因为咪咪和阿利尔德，还有捕貂笼子，我又想起了她。当我站在笼子前的某一刻，那箱子仿佛梦境中的画面再次浮现在脑海里，那种你前一晚刚刚做过，第二天一早就忘得一干二净的梦。它突如其来，飘忽而至。就像原本沉在水底的东西被什么顶了一下，浮出水面。

来回荡漾。

一个瓶塞。或者一滴露水。

我没有去新加坡。我去了另一个地方，遇见了奥蒂斯，我们结了婚，有了一个女儿，安。安长大后奥蒂斯和我就分手了。近一年来我一直住在乡下，在东部沿海，靠近我哥哥的地方。我哥哥年轻时一直在外面游荡，后来在海边安顿下来，开了间酒吧，还买下一栋房子。我给他打工。本来我可以搬去他那里住，他的房子很大，有好多个房间，他只住其中两间。但那房子在村子中央，我对这里并不熟悉，而且我也不可能和我哥哥住一起，上班的时候待在一起就够了。我和他都想自己一个人待着，尽管各自出于不同的原因。

我在村子外面租了栋房子。房子很小，而且年久失修，孤零零地立在一条没有铺砌过的土路上，路的尽头是紧靠堤坝的圩田。房子前面是一望无际的田野和牧场，再远处是一条细长的河。那是泄洪渠，水通过泄洪渠从内陆被引到圩田，再从圩田流向大海。河水看上去是一种浑浊的棕褐色，但河边的沼地里有很多很多的鸟，有黑水鸡，麝鼠，还有蜻蜓。

房子里有一间厨房，一间浴室和楼上楼下两间卧室。楼上那间空着，我住楼下一间，从房间里唯一的窗户望出去是草地和河。这是我有生以来第一次住独栋的房子。

第一次独自一人住在一栋房子里。

那是一月份。一开始，在最初的几个晚上，我在这栋房子里睡得像婴儿一样沉。我习惯在临近午夜时上床，读上十五分钟书，然后把窗户开个缝，关灯休息。屋里没有挂窗帘，外面是漆黑的冬夜。房子吱嘎作响，像是正在一点点地膨胀，绷裂。我一躺下就睡着了。

就这样过了四五周左右，二月的一个晚上，我被冻醒了。房间里寒气逼人，外面起了风，留了一道缝的悬窗晃动不止。风声大得令人不安，就像有个人正站在屋外的花园里大声地唱着歌。我起身关上窗，房间里还是和原来一样冷，明显能感觉到有风。我走出卧室来到走廊上，屋门大敞，被风卷动的枯叶在木地板上簌簌作响。门外漆黑一片，仿佛这房子是一个宇宙空间站，外面的黑夜就是茫茫宇宙。我光脚踩着落叶从地板上走过去，只觉得毛骨悚然。我用力把门推上，感觉它从没有这么沉过，仿佛我在用身体对抗一种难以名状的力量。

门是上床前锁好的，我记得很清楚。

第二天早上我写信给奥蒂斯，我说："昨天夜里屋门自己敞开了，我重新关上门，然后回到床上。"但其实并不是这么简单。我开始害怕，或者说，从这天晚上开始我的内心对什么东西产生了一丝畏惧，当时我想，那或许就是独处的代价。我往卧室门上装了个插销，这当然是个有些尴尬的举动，带有一丝羞辱的意味：一个战战兢兢把自己反锁在卧室里的老女人。但事实上那是一种更深的恐惧，况且当时我并不打算让谁进到我的卧室，所以事实上不会有人注意到门上的插销并洞穿这背后的用意。我从网上买了几支防狼喷雾，奥蒂斯给过我一支没装子弹的仿真枪，以防万一，我把它和防狼喷雾连同一把弹簧刀一起藏到床下。我还在窗台上备了一把美国产的手电筒，它结实得足以砸破一个人的脑壳。但即便如此还是难以入睡。我躺在床上，竖起耳朵听着这一切：风声，雨声，老房子不断发出的呻吟，花园里树枝被风折断的声音，从沼地那边传来的沙沙声。我听到厨房里的冰箱忽然启动时的震颤。听到房梁上传来一种几乎难以察觉的、单调的刮擦声。不知什么时候我终于睡着了，一口气睡了八个小时，醒来时外面天已大亮，我隔着窗子望着远处的河流，感到无比欣慰。

我写信给奥蒂斯，我说："奥蒂斯，转眼间冬天就要过去。白天越来越长了，我打算出去四处转转。我买了辆脚踏车。回头再讲给你听。"

我刚来到这里是一二月份，当时我哥哥的酒吧还没开张，我习惯在床上待很久，直到很晚才起来吃早餐，中午的时候会去散步。天地间灰蒙蒙一片，悄无声息，那是一种冬日里才有的像棉花一般柔软的寂静，村里的店铺门户紧闭，窗上糊着报纸。海滩上空空荡荡，为了抵御海啸，报刊亭的门都用木板封了起来，网球场上空无一人，远处的岛模糊不清，像是雾中幻影。我沿着海滩一路向西，走到尽头再折回来。晚上我哥哥有时会来我这里，我做饭和他一起吃。他跟一个二十出头的女孩儿刚谈上恋爱，整个人被搞得七荤八素。他滔滔不绝地讲着和她有关的那些事，情绪激动，前言不搭后语，像疯了一样。

她叫尼克。

她就像那种孤儿院长大的小孩，有一种饱经风霜的世故和早熟。我哥哥萨沙快六十岁了却从没正经恋爱过，我也从没见过他这副样子。他对我细数尼克带给他的种种折磨，说那些折磨对他来说就像是一种无价之宝，说他万万没想到人的情感竟然如此复杂，爱让人痛苦，让人如坠深渊巴拉巴拉。光是说服他起码把外套脱掉再吃饭就费了我大把力气，每次他都很不情愿地脱掉外套，然后把我端上来的沙拉、汤和巧克力布丁一扫而光，但他并不关心自己吃了什么。上菜间隙他一刻不停地抽烟，喝小瓶的啤酒，一瓶接一瓶。我想试着和他聊聊开酒吧的事，打听一下我去了以后都做些什么，他打算派些什么活儿给我，可他对酒吧的事压根提不起兴趣。他对我，对奥蒂斯和安也没什么兴趣，我和他多年未见，按理说他本可以问一句他们过得如何，但是他没有。他满脑子都是尼克，就是这样。他边抽烟边穿上外套，火急火燎地跑去见她，去给自己找虐。

每次临走前他都会站在走廊里对我说，现在我可以把你独自留下了吗。

我给他讲了半夜里房门自己打开的事。我没有提防狼喷雾，也没有提奥蒂斯给我的那把手枪、弹簧刀和卧室门上的插销。

每次走的时候他都是那句话。现在我可以把你独自留下了吗，你一个人能行吧。

我说当然了。

假如我说我一个人待着害怕，要是你能留下来就好了，不知道他会什么反应。

当然，我从没这么说过。

*

坡下面有一栋房子，和公路隔着一段距离，那是我周围唯一看得到的房子。三月里的一个傍晚，那栋房子里不期然地亮起了灯，还有一辆脏乎乎的汽车停在门前的车道上。一个女人在房子和工具棚之间来回走动,她在树中间拉起晾衣绳,把羽绒被搭在上面。直到很晚,房子里的灯才熄灭。第二天一早还没出太阳的时候,就已经看到她在擦窗户了。接下来的几天她又忙着清理落叶,修剪连翘,劈木柴,还给工具棚的门板刷了一层耀眼的红漆。一星期后她到我这里来串门,她站在厨房外面用手掌拍了拍窗玻璃,我就让她进来了。

她叫咪咪。

"亲爱的奥蒂斯,我不可能不让她进来。我没有别的选择。"

她有一头浓密的黑色长发,中间夹杂着几绺闪亮的银丝,后脖颈上草草挽了个鸟窝。脚上是一双橡胶靴,身穿绿大褂,拦腰扎了根牵牛犊用的细绳,看上去年纪比我略大一点。她把橡胶靴脱在门厅走进厨房,脚上穿着一双红袜子。我给她沏了茶,那天她一直待到很晚才走。她把我放在桌上的所有东西都挨个拿起来看了看,一样都没有落下:我的老花镜、贝壳、蜡烛、明信片。贴在明信片上的图画和照片都是我在那个冬天漫长的夜里从报纸上剪下来的。她还浏览了我的本子、笔、柠檬、核桃。她有着一种异乎寻常的强烈的好奇心，而且并不去刻意掩饰。她把她敲窗户时我正在读的那本书举到面前，嘴里念道，赫布兰德·巴克[1]，啊哈，我都没听过，说着随手翻了几页又重新合上，漫不经心地撇到一边。她告诉我说她是本地人，是在这里出生的，后来离开家去外面生活了一些年，没有孩子，结过三次婚都离了，现在跟我一样单身，所以才有了回家乡生活的想法。她认识我哥哥，言语间似乎透露出多年前和他有过暧昧。她是个雕塑家和画家，她说自己很久没碰过粘土和画布了，现在重回故里让她有一种心潮澎湃的感觉。

这是她的原话。心潮澎湃。

她强调了好几次，接着又补充了一句，说她对自己现在的生活满意极了。

"满意极了"几个字在我脑子里回响了很久。

她说，你的根在哪里。

我说噢，我恐怕没有。

我说，老天，别这么看着我好不好。这很正常，有些人有根，有些人没有。

她眉毛一挑，嘟起嘴巴没再说话。她的眼睛不大，颜

---

[1] Gerbrand Bakker（1962—　），荷兰作家，代表作有长篇小说《上面很安静》《绕路而行》。本书所有注释均为译者注。

色像石头，一张圆脸显得有点乡气，又有点天真。她身上散发出一种强烈却又很好闻的味道，一开始我没有意识到是什么，后来才反应过来，是茶树油的味道。

过了一会儿她又转到刚才的话题上来，试探着问我说，那你哥哥呢，他有没有根，你的意思是他在海边扎根了对吗。

"根"这个词的发音听上去很怪。我想了一会儿说，我觉得我哥哥暂时就在这里扎根了。我猜他其实和我一样没什么根。但他喜欢装作自己有。

她似乎听明白了。犹豫了一下，然后问了我一个或许她一开始就想问的问题。关于我的丈夫和孩子。

我说，我丈夫在城里，我们的女儿已经大了，正在外面旅行，有时会给我发来消息，她发位置链接给我，通过卫星电话。

咪咪用一种很亲切的语气说，相当于电子明信片对不对。

我说对，也可以这么说，之前她在南边，现在正动身往北去，上一个链接是从平原上发来的；也许她路过这里的时候会顺道来看看，也许吧。

其实我很清楚安不会来。至少不在近期，也不在可预见的未来。我不想再继续这个话题，咪咪也觉察到了这一点，就岔开话题聊起了别的，天气，这个地区，即将到来的旅游旺季和游客之类。她说她不反对喝一杯，于是我开了瓶红酒和她一起喝，她喝得很快，带着一种无比畅快的表情。直到凌晨她才走，差不多在我屋里待了七个小时。她在门厅重新穿上橡胶靴，一边对我说，无论如何你住在这儿我很高兴，这样我就有个邻居了。

我问她一个人住在这里害不害怕。

我说，你一个人在这里觉得害怕吗，她表情如常地望着我，似乎不明白我在说什么。

害怕？有什么好怕的。

她摇了摇头说，不，不害怕。夏天的时候她都敞着门睡觉，不相信谁能把她怎么样，况且那么做又图什么呢，所以用不着防备谁。

我说，有一次我的房门大半夜里自己开了，让我很不放心，而且是在冬天，所以才这么问你。

咪咪欢快地说，那是东风，刮东风的时候是会把门吹开的，别放在心上；时间久了就习惯了。

她走出门，消失在夜色里。

我回到屋里，洗好杯子，把她坐过的椅子推回到桌前。接着我开始给奥蒂斯写信："从今晚开始我不再像上个冬天那样总是一个人了。有些意外，是不是。她叫咪咪，我猜你会说她这个人很率真。"

*

春天的时候，我一周在我哥哥的酒吧上五天班。酒吧在村子外面的码头上。

名叫"贝壳"。

那是一间架在木桩上的棚屋。我不知道我哥哥是怎么想到搭一个这种棚子的，他也没有怎么跟我解释，反正看得出来他很中意这棚子，用咪咪的话来说他对他的棚子"满意极了"。据我所知，我哥哥这辈子从没做过什么像样的事，从没有投入地做过什么，也没有一技之长，对什么都一窍不通。除此以外他还是个爱吹牛的人，总把自己吹得天花乱坠，就这样一个人，开酒吧对他来说似乎是个不错的选择。棚屋里很敞亮，只简单装修了一下，总共七张桌子加一个吧台，面向大海，风景宜人；到了夏天还得在露台上再加五张桌子，我哥哥说。春天来得很晚，酒吧里没什么生意。偶尔有些零星的游客光顾，其中大多是默不作声的情侣，脸色阴沉的鸟类学家，三五成群的老女人。这些人通常都不会待很久，进来吃块蛋糕喝杯茶就走了。我哥哥整天坐在咖啡机后面的高脚凳上给尼克发短信。很长很长的短信。她要么一字不回,要么冷不丁丢来一串他看不懂的简写。

KP

HDL

OMG

他问我这些是什么意思,KP,HDL,OMG。

安平时也爱发这种,所以我认识。

我说我猜是"没想好"和"爱你"。

"OMG",我哥哥一字一顿地念道,啊明白了,是"噢老天爷"。

他坐在高脚凳上头也不抬,我懒得理他,径自下楼来到仓库,所谓仓库就是棚子后边的一个集装箱。我巴不得离他远点。我忙着清点酒水,补货,记下需要采买的东西。天气暖和起来后,我把棚子周围乱七八糟的灌木修剪整齐,用洗地机把露台上的木板清洗了一遍。把煮好的汤放进冰箱冷冻。订购周末用的海鲜。擦拭酒水架,冲洗杯子,再一个个擦干。我做这些的时候,我哥哥只是一动不动地坐在咖啡机边上看着我。他的酒吧对我来说根本没所谓,我不确定他明不明白这一点。我只是想给自己找点事干，我必须赚钱糊口，仅此而已。

我哥哥说，到了旺季，等码头上的船都下了水，这儿就会被挤爆。到时候不愁没常客，快艇手们都会抢着来这儿喝酒，那帮难缠的家伙，你就等着瞧吧。

我说好。

我说，无论如何现在显然不是你说的那样。

我继续忙着收拾，中间休息的时候就坐到外面的露台上，翻开书看一会儿。我哥哥从楼上下来，坐到我旁边。

多德勒《斯特鲁德霍夫斯泰克》，他念道。

我纠正他说，冯·多德勒[1]《斯特鲁德霍夫阶梯》。

他说他的。我读我的。偶尔有人牵着狗从外面经过，狗呼呼地喘着粗气，狗主人时不时地就会停下来让狗对着灌木丛撒尿。

我哥哥说，老天爷，我恨死他们了。

太阳落下去了。我返身进屋，蘸着盐吃涂了黄油的黑面包。

---

[1] Heimito von Doderer（1589—1966），奥地利作家，擅长描写不同历史背景下的维也纳生活，代表作有长篇小说《斯特鲁德霍夫阶梯》(*Die Strudlhofstiege*)、《群鬼》(*Die Dämonen*)。

*

听说我结识了咪咪，我哥哥并没有显得很兴奋，他似乎不太愿意提及和她有关的过往。因为我认识了咪咪，他不情愿地作了一个设想：假如现在还和她在一起的话会是什么样。那个强壮的大胸女人，一头夹杂着银丝的黑发，腰间系一条绳子，手掌宽大，手指粗短，指甲上是一道道凹槽，看上去像是贝壳——如果他每天早上醒来的时候发现躺在身边的是这样一个人，那会是什么感觉。他想让我知道，咪咪有多美，那时候。

他说，当年她身材真的棒极了，一头秀发，称得上是相貌出众。

我说，年轻的时候人人如此。

我哥哥固执地摇了摇头。在他眼里，自己现在仍然看起来不错。他又高又瘦，身上有股脱不掉的孩子气，但他脱发，眼底充血，瞳孔暗淡，眉毛中间戳着几根钢丝似的硬毛，像深海鱼类的触须；牙龈萎缩，下巴上松垂的皮肤像雄火鸡的肉垂。但我无意提醒他这些。

他说，他和咪咪第一次约会的时候是他开车去农场接的她；她是在那里长大的，几百年来那个农场一直归本地的大农户所有，就是那种有钱有势的家族。咪咪那次是回农场看望父母。她坐进车里，他发动刚开了十分钟她就喊停车，他停下车，然后她跑下去吐了一通。

他说她屁股着地滑到沟里，对着沼地呕了起来。因为她乍一见到他太兴奋了，以至于突然感到胃不舒服。你跟人出去约会的时候有没有这样过，突然觉得胃里不对劲，因为你发现眼前的这个男人居然真的那么帅，帅得令人难以置信，他说。

至于我怎么回答他并不关心。

他说那天晚上他是在咪咪家过的夜。第二天一大早，咪咪的妈妈把一份培根炒蛋和一大壶茶给他端到床前，紧接着就派他去猪圈帮忙喂猪，他不好推脱，只好硬着头皮上阵。那些猪见了他一个个兴奋得要命，像狗似的一个劲儿往他裤腿上扑，还互相乱啃，有的尾巴都给咬掉了，猪血弄得到处是。真是一场噩梦。

他说，我可干不来这个，简直没法忍受。那个农场一直都在，现在还养着好多猪。太不可思议了。现如今谁还爱吃猪肉啊，谁肯费那么大力气去侍弄一块光秃秃的盐碱地呢，也只有咪咪的弟弟情愿这么干；他叫阿利尔德，咪咪有跟你讲过她弟弟吗。

咪咪喜欢在上午或是晚上来我这里小坐。天气渐渐暖和起来，我们就一起坐在房子前面迎着晨光喝茶。她把砖缝里的杂草一根一根地拔掉，直到把自己搞得筋疲力尽。她说可以把我房子前面那些桤木的树干当作画框，远处的田野望过去就是一幅画。画面上的空白一定得用直线打破，她说。黑油油的农田上空浮着一条云带，中间是一抹柔滑的玫粉和橘黄。她用手一指，说，你看到没有，那些牧场和沟渠，牧场像是一张用碎花布拼起来的毯子，沟渠就是上面的针脚。

她说，你看那边。

她问起我在城里的生活，问我奥蒂斯是做什么的，还问起安，我有时回避，有时回答。她听得很认真，我一说到什么她马上就能心领神会，一转眼却又撇开原先的话题，有一搭没一搭地开始扯些闲话。我问她和我哥哥当时是怎么回事，她默不作声，过了好一会儿才说，她不觉得这和我有什么相干，我觉得她说得没错。和她在一起自在又放松。晚上她会骑车带我出去兜风。她有一辆破旧的吱嘎作响的脚踏车，轮胎上结了一层厚厚的泥。她弓着身子伏在车把上，像一个上了年纪的农民，但她一点也不在乎，照样骑车兜一大圈。她会带着我沿着大堤内侧一路骑过去，再翻过堤坝，沿着河岸骑回来，一边给我解释潮汐是怎么回事，什么是小潮、大潮和水岸。她把我带到码头上有水位标志的地方，给我讲如果1967年我们站在这里的话，水会没到我们头顶上方多高的位置。

她用手在周围划了一圈，说，再过五十年这些就都没了，全部没有了。

她说，你有没有潮汐表？在这个地方没有潮汐表的话你就没法生存。人对未来将会发生什么一无所知，但潮汐表知道。好像下一个低潮是在9月6号来着，12点10分左右，这么说的时候她得胜般地点了点头，仿佛只有她一个人明白潮汐表是怎么回事。

她把她埋画布的位置指给我看。她发明了一种技法：把画布绷到一个结实的画框上，再埋到盐沼边的泥滩里，几次涨潮过后，她再去原来的地方查看自己的收获，也就是潮水在画布上留下的各种印记。她说她会把上面的东西取下来，用它做点什么出来。有时上面只挂了一绺泡叶藻。有时是碎了的剑蛏壳。有时是一只蟹钳，一只月亮水母，或是谷壳，藤壶和褐虾。大都是沉积物和浮游生物。有一次是只石化的海胆，还有一次是一只完整的海星；三月底的一个清晨，她收获了一条鱼的轮廓，浅浅的影子，暗淡，模糊，像一幅岩画。咪咪越过防波堤的两排桩柱向泥滩奔去，她从不会被那些从成排的桩柱中间突出来的柴束绊倒。她跑过去，把埋在淤泥里的画框取出来，像一位正在收网的渔人。我在海滩上来来回回地走，一面远远望着她，脚下不时响起贝壳迸裂的咔嚓声。她穿一件缀着牛角扣的红色粗呢外套，在灰白的天空和乌黑的泥沼的衬托下是那样地耀眼。滩涂上有水鸟留下的纤弱而杂乱的足印，密密麻麻，彼此交错。剑鸻。红脚鹬。蛎鹬。反嘴鹬。

我很久没有来海边了，上一次似乎是十五年前，和安，还有奥蒂斯一起。安觉得大海很美。我在沙丘和沙丘之间坐下来，闭上眼。

我写信给奥蒂斯讲了埋在泥滩里的画布，潮水留在画布上的印记，咪咪兴高采烈的样子，还有她的一些话，她说浅滩是一个意象，这意象的核心便是虚空。我在信里写道："潮差是涨潮高度与落潮高度的算术平均值，向心力则是使一个物体沿着它的环形轨道运行所必需的力；由于受天文因素影响，一个潮汐周期的高潮值或低潮值会偏离相应的平均值，这种现象叫作潮汐不等，潮汐不等又可分为潮高不等和潮时不等。"

"我得再读些这方面的书，回头再将给你听。"我这么写道。

我在信里说："亲爱的奥蒂斯，自从搬来这里以后，早上我就不再喝兑了蜂蜜的大吉岭了，改喝加奶的阿萨姆。你呢，自从安和我走了，只剩下你一个人之后，你喝什么。"

*

四月末的一天，咪咪第一次和我提到了她的弟弟阿利尔德。

她说阿利尔德是个农民，他接手了他们家的农场、土地和猪，承担了把家族产业继续经营下去的责任。这份产业是他们家祖辈白手起家挣得的成果，在阿利尔德的经营下农场的规模有所扩大。我们的父母当年养了几百头猪，现在阿利尔德有上千头了，她说。

说到这儿她停下来望着我，似乎在期待我说些什么。我没什么可说的。我没有告诉她我已经从我哥哥那里听说了关于猪的事。

她说，他扩建了猪圈，造了化粪池，还对农场做了翻新。他结过一次婚，婚后没多久那个女人就逼着他二选一：要么和她在一起，要么和他自己的家人在一起，最后他还是选择留在那个女人身边。他选择背弃家人，和一个泼妇厮守一生。

这是咪咪的原话。她说，第一次和那个女人见了面回来，她画下一个青面獠牙、长着触手的妓女。我非得把她画成一个妓女不可，我就这么干了，她说。

阿利尔德已经和他们一家人疏远多年。他一意孤行，不准父母妹妹登门，伤透了他们的心。但就在去年秋天，那个女人突然不辞而别，她收拾好自己的东西，一夜之间消失得无影无踪。事后大家都没作声，过了很久她也没有回来。现在呢，咪咪说，或许又可以到农场上去了，也许可以跟阿利尔德重新谈一谈，在他那里坐一会儿。

她说，我爱我弟弟。他过去是个国王。现在也是。

五月初我休班的一天晚上，我们俩骑车去了阿利尔德那儿。天气和暖，空气里已经闻得到野菊花，还有干燥的土壤和盐的味道。我们本来打算骑着车子兜上一圈，像往常那样骑到海边，再沿着海岸折回来，但是在邻近旧堤的公路上，咪咪打断了原本的计划。

也许她事先就已经想好了要这么做。

到了田边，她跳下车，指着田野尽头的农场说，那是我们家的地，阿利尔德的农场就在那儿，咱们上他那儿去喝一杯吧。农场掩蔽在一片高大的白杨树的树荫里，像巢穴里的鸟。

咪咪表情严肃，满面潮红。她果断地搬起车子跨过沟渠，奋力地推着车从那些刚长出不久的菜茎中间一路穿过。整个春天没有落过一滴雨，赭色的土地上纵横遍布着深深的裂纹，咪咪的凉鞋一踏上去，尘烟四起。但油菜花还是开了，金黄灿烂，叶梗粗壮。咪咪决心已定，一副迫不及待的样子。我跟跟跄跄地跟在她身后，浑身冒汗。我还没拿定主意到底要不要去和阿利尔德喝一杯，我不确定自己是不是能应付得了这一切。咪咪已经有很多年没去过农场了。很显然她是个有根的人，她看上去已经激动得有些无法自持。

农场上一片寂静。这里很空旷，收拾得干干净净，看不到任何杂物，甚至因为太过整洁而显得毫无生气。我们不再说话，连悄声低语也一次都没有。咪咪把车子推进谷仓，左手不耐烦地摆了摆，示意我跟上。几只小黑猫在积满灰尘的草垛间探头探脑。我听到了从一幢没有窗户的房舍里传来的猪叫声，高亢而尖厉。我们穿过谷仓，沿着猪舍里狭长的通道一路过去，从后门出来，看到阿利尔德正站在敞开的厨房纱门旁。他准是在我们俩还在油菜田的时候就已经远远地看到了，或许还考虑了一下要不要开枪。他看上去像刚睡醒，半边头发乱蓬蓬的，脸上有明显的枕印。他和咪咪一样有着高而宽的颧骨，但皱纹却比咪咪要深一些，尽管她比他大很多；一双小眼睛，像是他有意要把它们藏起来。他身穿牛仔服和法兰绒衬衫，衬衫虽然洗旧了但挺漂亮，手腕上长着一簇簇金色的汗毛。他把手从裤兜里掏出来，两臂交叉抱在宽大的胸膛前，摇了摇头，转身进了厨房。显然是在敦促她，让她跟他走。

一个邀约。

厨房和农场里一样整洁，唯一一只杯子立在洗碗槽里，杯身有点破损，上面印着曼联标志；再就是一台咖啡机，灶台上方是一本印着农用机械的日历——就这些，或许还有其他杂物，但统统被收进了壁橱。厨房中央摆着一张供一大家子用的餐桌，一端的桌面磨得很光，显然是阿利尔德习惯坐的位置。咪咪在他对面的椅子上坐下来，和他遥遥相对。我犹豫了一下，拿不准该坐在哪里，最后决定坐到他们俩中间的位置上。阿利尔德一言不发地等我落座，从他的表情上看不出他对我们的到访作何感想。他拉开橱柜门，从里面取出三只玻璃杯，像打冰球那样让杯子从桌面上滑过来，又取出一罐东西放到桌上。

杏子酒，他说。

说完转身出去，消失在走廊里；接着是抽屉拉开又合上的声音，回来时他手上多了一盒包装压瘪了的巧克力果仁糖，像刚才那样，隔着桌子一把推过来。

他说，女人都爱吃巧克力什么的，对吧。

糖果盒子落到咪咪怀里，她低头看了一眼，又把它端端正正放回到桌面上。

阿利尔德坐下来。他身上有一股青贮饲料和须后水的味道。他从衬衫口袋里掏出一盒烟，磕了一根出来，用防风打火机点着，捏在拇指和食指间，吸了一口，然后吐出烟雾。我很久没见过有人这样抽烟了。见我一脸惊讶，他略带尴尬地笑了笑，顺手递过来一根。

我说不了，谢谢。

咪咪清了清嗓子。

她用一种很客套的语气地说，这里挺整洁的，也许显得有点太空了。

她身板笔直地坐在餐桌一头，像一个少女那样两颊泛红，额头上沁出汗珠。她把那盒糖又往外推了推，然后脱下身上的针织外套，举起杯子。

干杯，她说。

阿利尔德说，干杯；没错，是太空了。只能这样，没办法。

他举起杯子，把椅子向后挪了挪，身子往椅背上一靠，叉开两腿，伸直膝盖，一副剑拔弩张的架势。他冲窗外花园歪了歪头，对咪咪说，你在你外面那个狗窝过得如何。

咪咪显然不知道该作何回应。

这似乎反倒让阿利尔德平静了些。他一口气把杯里的酒喝干，紧接着又给自己倒上一杯。他忽然冷不丁地向我投来一瞥，目光里满是张皇，像是这才发现了我的存在。看得出他还想动动嗓子再问些别的，但又实在想不出什么。他又喝了一杯，给咪咪和我也重新倒上。直到第四杯杏子酒下肚，他才稍稍放松下来，起身带我们在房子里面转了一圈。没多少可看的。客厅里摆着一张皮沙发，前面是一台电视，屏幕里一群大象正在塞伦盖蒂草原上缓慢穿行。沙发上放着一条棕色毯子，前面的地板上是一份摊开的电视报，上面扔着一管护脚霜。和厨房相邻的隔间里堆着些搬家用的纸箱，上面摆着一台开着屏保的电脑，一些星星在屏幕上不断地绽开。就这些。其余的房间也都空着，除了地上散落着一两只纸箱。整个房子空空荡荡，就好像这里曾经发生过一桩凶案，血迹斑斑的现场已经被彻底清理，没有留下蛛丝马迹。

一片空白。白得触目。

阿利尔德抹去了曾经的一切。

我们重新回到厨房，继续喝酒。阿利尔德又从谷仓里取了些啤酒过来，几只小黑猫一路跌跌绊绊尾随他进了走离开时天已经亮了。太阳升起来，田野上雾气弥漫，蝙蝠倒挂在杨树上。乡间公路像一条没有尽头的缎带，泛着淡淡的红光。阿利尔德陪我们走进谷仓，他帮我把车子推出来，然后吻了吻我，把那盒巧克力往咪咪怀里一塞。

我去猪圈看看，他说。

他的声音里满是欣慰。我想象着他怎样打开猪舍的栅门，然后满面红光，醉醺醺地走到那一千头猪跟前，向它们问好。

咪咪笑了。

她说，我们撤了，阿利尔德，拜，回头见。

她打了个大大的哈欠，伸伸懒腰，四下望了望，看天气如何。阳光明媚，万物闪耀。

我们骑上车走了，没有回头。

咪咪说，美女得到吻，胖子得到巧克力，从来如此，没有别的可能。

她的玩笑并没能平复我和她的心情。我骑不动了，只好跳下车来推了一段。

你看见没，咪咪说，我们这里就是这样的。乡间风景，你是不是有一点点喜欢。

*

几周后,那个东西进了我的住处。夜里它在阁楼上四处活动,把隔热层的填充材料从墙缝里抠出来,爪子不停地抓挠木头,窜来窜去,听上去个头不小。或许从冬天到春天它一直都猫在这栋房子里,直到现在才结束漫长的冬眠。至少我清楚那是个活物,不像二月的某个晚上房门大敞那样令人不安。我踩到椅子上,用拳头对着天花板捣了几下,然后听到它跑到一边躲了起来,过了一会儿,它又开始在阁楼的另一个角落刨来刨去。后来,从房梁的缝隙间"啪嗒"一声掉下来什么东西,第二天早上才发现是一小坨粪便。我把它盛在玻璃杯里拿去给咪咪看。她用放大镜对着它端详了一番,又晃了晃杯子,饶有兴味地从各个角度加以观察。

是貂屎,她说,貂这东西最难缠了。给阿利尔德打个电话吧,他知道怎么对付这玩意。

我不知道要不要为这个给阿利尔德打电话,我宁可再等一等。结果没过几天貂在夜里闹得越来越凶,不断地往我卧室里拉屎,搞得我心烦意乱,那声音实在太吵了。我只好打电话给阿利尔德。还好没我之前想象得那么困难。

我说我房子里进了只貂。

我有捕貂笼，我这就把笼子带过去看看，他说。

晚上他来了，我们把笼子放到房子后面的雨篷下。据我判断，貂就是从正对着雨篷的瓦楞间隙钻到阁楼里，然后顺着这条通道进出房子的；就在距离我的卧室窗口两米远的地方。之前我都已经开始怀疑或许它是碰巧从半开的窗缝里钻进来的，就这样进了我的房间，反锁着的房间。捕貂笼是个长方形的箱子，两端各有一个开口，笼子中间是一块跷板，上面放着诱饵。一旦貂进到笼子里碰翻跷板，两侧开口处的挡板就会像断头机的铡刀那样突然下落。笼子本身看上去并不起眼，但却散发着一种特殊的气息。一种歇斯底里的狂暴。

阿利尔德开始动手架笼子，我在一旁看着。他把一大片熏肉放到跷板上，一面解释说是在春药里泡过的。说的时候语气严肃，一本正经。他没有问起咪咪，对那个晚上只字未提，我也没有作声。他小心地撑开夹子，然后站起身，两只手往裤腿上擦了擦。

他说他觉得用不了多久就能捉住。

我问捉住之后我该怎么办。

你打电话给我，我把它弄走。

然后你拿它怎么办。

他若有所思地看了我一眼，说，我会把它宰了。

显然，他认为对我来说"宰了"比"弄死"更好理解。

那天夜里，我醒着躺在床上，留意着笼子那边的动静。3点45分，笼子合上。我听到跷板倾翻，挡板落下的声音。被关在里面的那个动物突然发了狂，听上去让人心惊，这样的状态持续了好几分钟，接着它安静下来，不动了。我又醒着躺了一会儿。天亮时我睡着了，直到上午才醒。我喝了杯咖啡，打电话给阿利尔德之前吃了个苹果，然后又喝了一杯咖啡。其实我什么也吃不下，但又觉得给他打电话的时候胃不能空着。我握着手机围着房子转了两圈，来到雨篷下。笼子就在原地，挡板紧闭。我小心翼翼地伸出脚去碰了碰，里面没有任何反应，我仔细听了听，还是什么动静都没有。

我打给阿利尔德，他马上就接了。

我说我正站在笼子跟前，它合上了，里面有个东西。

他说他十五分钟后到。

十分钟后他开着一辆旧奔驰来了。他从车里钻出来，没关车门也没跟我打招呼就径直跑到房子后面，在笼子跟前站定。他看上去一副兴冲冲的样子，似乎是从猪舍直接赶过来的，一身脏乎乎的蓝工装，鞋上沾满猪粪，浑身上下散发出一股呛人的气味，头也没来得及梳。俨然一位刚刚捕猎成功的猎人。来的时候他还带了手电筒和锤子。他身上有一种我难以抗拒的东西。

他说，好了，别出声，慢慢来。

笼子顶上有个镶了栅网的窥视孔，为的是掀开盖子往里瞅的时候，万一里面的东西扑上来也不会被抓伤脸。阿利尔德掀开盖子看了看，什么也没看到，那只貂肯定只有一点点大。一定是躲到角落里去了。我们俩并排着蹲下身，从笼子侧面向里张望，阿利尔德一边拿着手电筒往里照。

角落里，一双眼睛幽幽地盯着我们。

阿利尔德慢慢地说，我觉得不是貂，不太像；可能是只猫。

他果断地把一侧的笼门打开，一只猫的影子如闪电般一掠而过。那是一只漂亮又神气的三花。我们还没来得及发出赞叹，它就嗖地一下冲了出去，一溜烟地窜过田野，钻到收割机下面，不见了。

我们俩站起身，拍了拍膝盖上的土。

阿利尔德说，下次再说吧，咱们先去喝杯咖啡，抽根烟。那只貂跑不了，我非把那该死的家伙弄死不可，我保证。

他绕到房子前,我跟在他身后。就在这时,我忽然又一次想起了那个魔术师的箱子。那画面是如此地缥缈,仿佛是在梦境里。长久以来由这只笼子联想到的东西一下子全都涌入记忆,我忽然回想起在城里独居的那些日子,回想起三十年前的那一天;想起暑气灼人的阳台、加油站、魔术师,想起我躺到他的箱子里,他把我的身体锯成两半。

我没有把所有的一切都写信告诉奥蒂斯。我只字未提阿利尔德的农场,他的猪,还有咪咪说过的"根"。我在信里写:"田边停了三台收割机,其中一台每天晚上都有一只鹰落在上面,它总是停在中间那一台上,轮子上方靠右的位置。"

我写道:"码头上有船下水了,每到中午那帮开快艇的家伙就来'贝壳'喝酒,啤的,白的。一群白痴,无一例外。"

我写道:"我哥哥也许失去理智了,我觉得他脑子不太正常。"

但接下来我不知道该写些什么,就直接打给奥蒂斯。我想听到他的声音,想给他讲一讲关于那个笼子的事。奥蒂斯已经不是我的丈夫了,至少不再是法律意义上的配偶,从很多方面来说我们也不再是伴侣关系,但我还是习惯性地把他称作丈夫,总是在不经意间想起他来。这倒不是因为多愁善感,原因其实再简单不过:我们有一个共同的孩子，我们结过婚，彼此都是初婚，而且今后我也不打算再婚了，我猜他也一样。奥蒂斯和我都是认真的。

我的记忆力很差，我能勉强回忆起不久前的一些场景，但对于很久以前发生的事，我几乎不记得细节。我想不起任何细节，只记得当时的氛围、季节、光线，或温度。我记得自己某天跟某人一起散过步。那是在春天，刚下过雨，公园小路上到处是泥水，我们不得不绕开那些水洼。我想不起我们聊过些什么，也想不起究竟是和谁一起散的步。有一次我读一本小说，当时读得很投入，过后却几乎讲不出它的内容。只记得是关于一个孩子的故事。故事发生在一栋房子里。一对母子，还有一个独臂歹徒，他们一起待在一栋房子里，那个母亲在等一个什么人，后面的情节记不太清了。但我清楚地记得这个故事当时是如何地打动我，给我带来抚慰。

奥蒂斯有着强大到惊人的记忆力，几乎像是一种先天缺陷。我不确定他是不是也对自己的过往记忆犹新，他是个沉默的人，不喜欢讲述自己。而我习惯把自己的一切都讲给他听，包括我记得的那些在遇到他之前发生的事，还有和他在一起之后、他不在我身边时发生的事。我会把自己经历的一切都讲给他听，遇到过什么人，说了些什么话，那个人当时有着怎样的眼神，就是你在某个独自外出的夜晚回到家后会讲给对方听的那些事。奥蒂斯把它们一点一滴全都记住了。

我打给奥蒂斯，把笼子的事讲给他听。我说我面对笼子的时候突然想起了那个魔术师的箱子，那像是一个梦魇，一种被湮没的东西。不出所料，刚说了三句他就打断我说，箱子上贴着蓝色的金属纸和银色的星星。当时你本来可以去新加坡，但你情愿留在那间能看到加油站的单人公寓里。你太喜欢在阳台上望着那个加油站出神了。

我们俩都忍不住笑出了声。

我说，如果我去了新加坡那就不会遇到你了。我没有去，所以我才会遇见你。如果我们没有遇到对方，就不会有安了。

奥蒂斯说，对的，是这样。

他的语气中带着迟疑。

他说，但这不是你不去新加坡的理由。当时你还不认识我，更不知道会有安。如果那时你去了新加坡，今天就不会待在堤坝后面那栋一股霉味，快要塌了的阴森森的房子里了。

这房子没有发霉，也没有阴森森的或者快要塌了什么的，奥蒂斯。

随便吧。反正那样你就用不着装捕兽笼子了,你也许会躺在哪栋摩天大厦十七层的豪华套房里,用一只浅口碗品茉莉花茶。你也许会看到一片充满马来风情的夜空,肯定再也不会回来。你会留在新加坡,而不是待在现在这个地方。你现在每天都是怎么过的?

奥蒂斯无法想象这世界上的任何一个偏僻角落,他猜测我住在一栋年久失修、霉迹斑斑的阴森房子里。他从没来过,却认定这是个阴暗、偏僻、不起眼的简陋所在。旅行的话他会选择去南方那种气候温暖的地方,茂密的热带丛林,蓝色的群山,汹涌澎湃的大海,那才是他的梦想之地。

我说我和以前一样在工作,我在"贝壳"打工。目前还能撑得下去。我每天尽力睡足八小时,在起床开始一天的活动之前,一般会先在床上慢悠悠地喝上一杯茶。我每天上班,下班回来自己做饭吃,也会读一读喜欢的书。这边渐渐暖和起来了,涨潮的时候我偶尔会去游泳,如果时间正好合适的话。上下班一般都骑车。

他说好吧,可是你跟谁说话呢,总得有人说话吧。跟你哥哥是不可能的,没人能跟他聊得进去。

我说我可以和咪咪说话,就是我在信里提到过的那个邻居。她很不错,你会喜欢她的,我可以和她聊天。她一般上午过来找我，有时候是晚上。晚上她来了的话我们就喝两杯，一边喝一边聊天。她是个心直口快的人。她是在这儿出生的，对这地方很有感情，这方面我也多少受了一点她的影响。

她是个心直口快的人，奥蒂斯重复了一遍我的话。咪咪，多奇怪的名字，他说。

是个传统的名字，这里的人喜欢这么叫。

他说，对了你哥哥呢，你哥哥怎么样了。

我说，我哥哥快完蛋了，被一个二十出头的疯女人搞得晕头转向。他恋爱了。

奥蒂斯没作声。过了一会儿又问，那个傻乎乎的笼子是谁帮你弄的。

我说是咪咪的弟弟。

奥蒂斯说，啊哈，明白了。

奥蒂斯喜欢收集东西。也许有人会说他有囤积症，反正无论如何结果都一样。他收集的都是些看上去没什么用的东西，或者说曾经有过用但转眼又没用了的东西。失去价值的东西。破损的餐具，没盖的锅，雨伞，刀叉，毛巾，胶卷，折叠椅，邮票，报纸，火柴盒。每次一看到有类似的东西丢在外面奥蒂斯就忍不住捡回来，他受不了看它们散落一地，或者被塞进纸箱里胡乱往马路边一扔，然后发霉，长毛，彻底烂掉。他把它们捡回家，清理干净，能修的修补一下，然后收好。

就像是在抢救它们。

除此以外他还收集别的，所谓世界末日到来的那一天，也就是文明的发展一旦突破极限时所有能派得上用场的东西。奥蒂斯多年来一直坚持一个观点，那就是这一刻已经来了。他一直在等待着断电超过四十八小时后人们开始大肆劫掠和相互厮杀的那一刻；他清楚，一旦越过四十八小时的界限——前后误差应当不超过一小时——就必定会发展到这一步。为了应对这种状况，奥蒂斯收集发电机。收集干电池，蓄电池，水泵，手压泵，玻璃，绳子，手电筒，药，水桶，太阳能收音机，各式各样的工具，毡靴，棉服，钉子，电线，无线电设备，钩环。他为他自己，为我，为安，还有其他人收集这些。他断定别人是绝不会未雨绸缪的，在大难临头前他们不会采取任何防范措施，他认为他们太过乐观了，以为灾难永远不会落到自己头上，就好像在他们待的这块地方可以一辈子高枕无忧。

奥蒂斯和我从没有在同一套房子里住过。有了安以后我们在一栋公寓楼里租了两套房子，我和安住一套，奥蒂斯住另外一套。奥蒂斯的房子除了他自己以外没人能住，过去如此，现在也一样。那房子确切地说是个仓库，一间奇里古怪的储藏室。成排的搁架之间是狭窄的过道，搁架上满满当当，各种家什杂物层层叠叠堆垛在一起，很少放得规整，总是这里那里突出来一块，使得那房子看上去更像是一只河狸给自己搭盖的巢穴而不是住人的地方。安小的时候很喜欢去她父亲的房子里玩。我总是提心吊胆，生怕她从搁架上抽出来什么的时候，上面乱七八糟堆放的东西会一股脑地砸到她身上，奇怪的是这种事从没发生过。奥蒂斯的收藏癖带来的一个后果是，安从家里搬出去的时候，除了一个装着牙刷、手机、T恤和通讯录（通讯录是为防手机遗失备用的）的背包外什么都没带。奥蒂斯的收藏癖还造成了另外一个后果，那就是在这栋临河的房子里，除了卧室里的床以外，我还在阁楼上另外安置了一张床，那是为了安来看我准备的——尽管这种可能性微乎其微。厨房里有一张桌子三把椅子。别无其他。我现在才发现，我的住处就像那个魔术师和他妻子在施泰因街上的别墅一样，冷冷清清，毫无人气。它和阿利尔德的房子一样空，但却是另一种空。从城里搬出来的时候我把所有的东西都送了人，那些带着念想的则留给了奥蒂斯，所有的念想都是关于安的。比如一只小提箱，里面放着她婴儿时穿的小衣服，手织的安哥拉羊绒小外套，上面都带着她婴儿时身上的味道；一串上面有牙印的彩色木珠，和她的安抚奶嘴拴在一起；她的第一双鞋；一个文件夹，里面都是她小时候的涂鸦，她最喜欢画的是一只长着三颗牙的狮子，还有我、奥蒂斯和她一起在星星月亮之间漂浮的情形；一只装着她乳牙的小盒子；一个文件夹，里面全是惨不忍睹的成绩单；还有一只她在十岁前每晚都抱着入睡的毛绒小刺猬。我把所有这些都装进一只箱子交给奥蒂斯，他把它们一股脑地塞进他的储藏室；据我观察，这些物件在他那里得到的待遇并不比那些带裂纹的杯子和破画框更高。或许这才是它们最好的归宿。

奥蒂斯还住在原先的房子里。我们已经离了婚，这样一来万一哪天他出了意外，我也不必非得以妻子的身份去考虑该如何处置他储藏室里的那堆东西了。他接手了我和安住的那套房子，把它改作储藏室来用，于是我原来住的那套房子的门现在只能勉强推开一道缝，至于奥蒂斯是怎么进到最里面的房间取东西的，对我来说一直是个谜。可他还在没完没了地收集。有时他也会把这样那样的东西送给需要的人，但捡来的远比送出去的要多。他对自己的收藏一清二楚。问他要一支手电筒，转眼就能递到你手上，而且是装了电池的，一按就亮。问他要船上用的篷布，立马从床垫下抽出来一张给你。假如你需要一根钓竿、一把斧头、一盏煤油灯、一支胰岛素注射器、一只急救箱、一枚指南针、一本给你讲哪些蘑菇能吃哪些不能吃的书、一张地图，或者劈好的大块木柴——所有这些奥蒂斯全都有，你要用他就拿给你。但我还是觉得他收集了太多的忧伤。他错失了生活。

奥蒂斯说，你在读什么书，最近。

我说，屠格涅夫的《猎人笔记》。很久没读到这么好的书了，你应该也会喜欢的；你呢，在读什么。

他说，我什么也不读，网上随便看看。

我就知道会是这个答案。我知道他此刻正歪在床上上网，从他的声音里听得出来。一段时间以来他总是窝在床上——那张只有一点点宽的床垫摆在储藏室的正中央，周围是一排又一排搁架，上面层层叠叠堆满了各种零七八碎、材料纸张。他正对着笔记本屏幕看纪录片，出现在镜头里的多半是横贯乌兹别克斯坦的铁路线，正从短跑道上滑行起飞的飞机，在白令海上空来回盘旋的直升机，诸如此类。他喜欢看网上的演讲，内容都是关于各国政府心怀鬼胎，资本正在吞噬人类，世界末日就要来临，我们已经身陷其中在劫难逃云云。房间里所有的窗帘都拉得严严实实，只有夹在床头的一盏小灯亮着，上面装的是某次战役中曾在某个部队——那部队早已不复存在——的野战帐篷里用作照明的钨丝灯泡。但对奥蒂斯来说足够了。他一边看纪录片一边喝茴香茶，吃烤面包干，服用治疗粉尘过敏的药片。他睡很多的觉。在这间屋子的漆黑的角落里，有一些极其微小的浅褐色蛾子正在缓慢翻飞，假如你伸出手去把它们拍死，会发现这些生物瞬间就会化为粉尘。中间没有任何过渡。没有肉身，无所谓腐烂。这些蛾子是尘埃做的。它们就是尘埃本身。

我想，像奥蒂斯这样的人似乎一辈子都在等待灾难临头的那一刻，仿佛只有灾难才能让他们感受到生命的意义，仿佛只有到了危难时刻，一个人的生命才真正开始。奥蒂斯总是说，为了应对可能出现的最坏的状况，我们必须时刻做好准备。绝不可以高枕无忧，绝不可以。

安说，我才不管，我爱怎么样就怎么样。

奥蒂斯从一开始就做好了有一天我会离开他的准备。我曾一度对他这种态度感到难以接受，但等到了真正分手那天，他这种态度反而让分离变得轻松。安搬走后不久我就离开了他。安再大一些的时候，我和他离了婚。

奥蒂斯问我，咪咪的这个弟弟叫什么名字。他的语气像是在警告我。

阿利尔德，他叫阿利尔德。

阿利尔德是什么人，他做什么的。

我清了清嗓子说，他是个农民，养猪的。他有个农场，里面养了很多猪。

奥蒂斯说，你就整天跟这种人打交道。

我说，我没说我整天跟他打交道，他帮我架好了捕貂笼子，仅此而已。到现在为止貂还没有捉住，而且我认为他也不会来了。

和奥蒂斯谈论阿利尔德没什么意义。和他谈论这里的任何事都没什么意义。我们已经不再分享彼此的生活，他也没有必要再去回想我讲给他听的那些东西，或是把它们保存在记忆里。这不是什么坏事。有时候我觉得奥蒂斯的记忆力之所以强大，是因为它赋予了他一种力量。一种洞穿他人生活的力量。

我说，下雨了，我得去收衣服了。我挂念你，奥蒂斯。别总泡在网上。找本书来读吧，就像从前那样。读点简单的，汉姆生[1]的《维多利亚》，就读这个好了。照顾好自己。

---

[1] Knut Hamsun（1859—1952），挪威作家，1920年诺贝尔文学奖获得者，主要作品有《大地的成长》《神秘的人》《饥饿》等。

然后我们挂了电话。我很想告诉他说，我脑子里关于魔术师的箱子的记忆是那样地鲜活，触手可及，仿佛构成这记忆的是某种特殊的材料。我不仅记起了那个箱子，而且忽然回想起在此之外的所有细节：上面有毛刺的粗糙的箱盖，我把脑袋从箱子的洞探出去，洞的下边放着一只枕头；嵌着贝壳碎片的水磨石窗台，冰茶的味道，那个女人身上散发出一股浓烈的味道，闻上去像是胡椒和醋。我还回想起了我自己。回想起我躺在箱子里时穿的衣服，一条齐膝长的吊带裙，蓝色，上面印着白色波点。还有我当时的发型：短的直发，褐色。然而我记忆中的自己却是一个陌生人，一个我完全不认识，也从没遇到过的人。她是谁。她从哪里来，"极光号"开走后她去了哪里，她究竟为什么这么做，为什么要躺到那个箱子里让别人把自己锯成两半。

奥蒂斯，我多想告诉你这些。悄悄地说给你听。

奥蒂斯。为什么她没有丝毫的恐惧。

那是一些适合在做爱后说的话。你和他并排躺在床上，风从窗口吹进来，掀动窗帘。你满怀信任，对他，对生活都深信不疑，世界几乎静止了，你沉浸于自己的感受。很久以前，奥蒂斯和我在做爱之后总会一起躺一会儿，那时我们就是这样交谈的。我们被一种与世隔绝的寂静包裹着，内心温柔而安定。在起身穿好衣服各自离开之前。如今我们不再睡在同一张床上，也再没有了这样的交谈，它们究竟有没有起到过什么作用，是把我们带向了某个地方，还是让我们越过了什么，再也无从查证。

外面当然并没有下雨。自从我搬来以后，一次都没有下过雨，奥蒂斯是知道的。衣服挂在晾衣绳上，干燥，挺括。收衣服的时候，几只受惊的雉鸡从草坪边上的灌木丛里飞出来，急促地扇动翅膀。一种单调而僵硬的节奏。那个中午，就是我没去成新加坡的那一天的中午，下了一场雨，一场滂沱大雨，那种酷暑天才有的雨，我想起来了。那记忆是如此地清晰。

*

尼克小时候被关在箱子里过。她的亲生母亲把她关到箱子里，有时一个钟头，有时一连几天，视情况而定。具体如何要看尼克母亲的心情，要看她有什么事情要做，是不是打算出门，家里有没有客人来，或者她是不是想一个人待着不被打扰。此外还要看尼克的表现，看她听不听话，有没有哭闹或是任性。

箱子就在尼克母亲住的地方，在其中一个房间里，也许那本该是尼克的儿童房，但里面除了那个箱子以外什么也没有。据说屋里有一张椅子，窗前装着百叶窗，窗玻璃上贴着一张画，上面是一只在跳伞的狐狸。箱子很大，至少大到尼克十二岁的时候还钻得进去。说不好她第一次被关进去时是多大，也许是婴儿的时候，一岁半的样子，总之她最后一次被关进去时已经十二岁了。那是个用木板草草钉起来的箱子，板条和板条之间有窄缝，板条上有节孔，尼克就透过这些洞眼来呼吸，或者往外张望。箱子里面放着一只睡袋，或者说一个类似睡袋的东西。尼克在里面待上很长一段时间以后，她妈妈就会过来掀开盖子，递点吃的给她，然后再把箱子合上，用一把挂锁锁好。有时尼克在里面一待就是好几天，出来后她得自己动手清理留在箱子里的便溺，用热水把箱子里里外外刷洗一遍。

有时候尼克侧躺着，两手合拢当枕头垫在自己脸颊下，这时她可以透过板条上的洞眼看到房间的窗户，看到窗玻璃上那只正在跳伞的狐狸，以及外面的世界。

看到另一些窗子。

楼顶上方的天空。

月亮。

还有鸟，它们都在很远很远的地方，渺小的黑点，像是一些模糊而又古怪的符号，写在阴沉的天空上。

尼克给那只狐狸取了个名字，但她不肯说那名字到底是什么。狐狸会自己动，它背着降落伞上上下下，也会到箱子里来找尼克玩一会儿。它走起路来特别地轻，还会悄声说话。它来去自由，不受约束。把狐狸画到窗户上的不是尼克，是另一个孩子，在别的什么时候画的。

尼克八岁大的时候，有一天，箱子里忽然多了一副扑克牌。一副 Skip-Bo。不知道是谁放进来的，多半是为了哄她让她不再哭闹，而且箱子里越来越狭小和憋闷，这样就可以分散一下她的注意力。后来她待在里面的时间越来越久，被关进去之前挨的揍也越来越多。那副牌有 144 张从 1 连到 12 的彩色卡牌，还有 18 张万能牌。尼克不会写也不会算，不认识数字，也不懂怎么拼读。但别人教过她怎么写自己的名字，所以她认得出 Skip-Bo 里的字母"I"，不知从哪学到了"1"和"2"长什么样，剩下的全是她乱猜的。光线从箱子上的洞眼透进来，她把攥在手上的纸牌对着亮处，侧转身，蜷起腿，嘴巴凑到洞眼上换了口气，然后把牌撂在一起，码成一个扇面，收拢，码开，收拢。反反复复。有一次，窗外的屋顶上忽然出现了一道彩虹，弯弯地挂在阴沉的天空里，格外显眼。那些纸牌的颜色也和这道彩虹一样。它们也能连成一道彩虹。箱子里的彩虹。

我哥哥给我讲了尼克的事,他把她讲给他的全都讲给我听。也许不是她讲的,是他从她不经意间的只言片语中拼凑来的。

他说,我猜她小时候被锁在箱子里过,我猜她妈把她卖给其他男人过。她妈精神有问题,谁也不知道她家里除了她以外居然还有个活人,没人知道。

我哥哥是在村子里的那座桥上遇到尼克的,当时她淋得像个落汤鸡。那天晚上他在外面晃荡,遇到她的时候已经是半夜了。她在一间叫"锚"的酒吧打工,那家店不准他进门,因为他们受不了他自吹自擂的狂妄劲。他知道她在"锚"上班,要不是因为被谢绝进店,他巴不得趁她当班的时候直接坐到吧台前去跟她套近乎。他早就注意到了她,她平时骑车穿过村子时很是扎眼:瘦得像把干柴,穿一件带风帽的夹克衫,十有八九是从每周五在集市上搭帐篷的印度摊贩那里淘来的,上面印着查尔斯·曼森[1]的头像;车把上缠着一串白色的塑料花。白莲花。她动不动就

---

[1] Charles Manson(1934—2017),美国20世纪60年代后期类公社组织"曼森家族"的领导人、连环杀手和邪教领袖。

按响车铃,也不为什么,只是随手按两下,看得出她很喜欢听那声音。她头发炸开像个鸡窝,多冷的天也只穿脱衣舞娘那种高跟鞋,看上去像只随时随地都会受惊的动物,也难怪我哥哥之前就留意过她。但半夜在桥上遇到她那次纯属偶然,当时她已经下班了,说自己把宿舍钥匙弄丢了,没地方可去,然后他就带她回了家。

我这一生中还从没尝过这种滋味,我哥哥说,爱和温存。虽然让我吃足了苦头,但有生之年还能经历这些也算幸运,我知足了。

我不确定他说的爱和温存是哪一种。也许他指的不是尼克和他彼此间的爱和温存,而是他给她的爱和温存,或者说一个人对另一个人一厢情愿的付出。他对她说的话和对其他女人没什么两样:宝贝,我要带你去周游世界。但他对尼克是认真的,她听了之后说,我对这世界没兴趣,对你的世界也没兴趣。她似乎根本瞧不上我哥哥,她已经看穿了他。一个酷爱打嘴炮的废柴。

她对我哥哥说,啥你也给不了我,你屁也没有,倒霉蛋,别在那自嗨了。

她在箱子里待的那些年显然没有白费。

有时她会无缘无故消失,好几天都联系不上,然后突然半夜三更出现在他窗外，一面拼命敲窗户一面大吼，快起来老头儿，开开灯，丢根烟出来；一般这种时候她就在他那里过夜。他想让她把脏兮兮的工装裤脱掉，但她死活不肯。他想让她关掉手机，她却把音量开到最大，自顾自地打起了游戏，手机屏上不知从哪蹦出来一堆甜瓜橘子橙子滚来滚去，忽而又在某个瞬间化为乌有。他想把灯关上，她说你要关我立马就走，我哥哥只好作罢。有时她打着打着游戏就睡着了，身上的工装闻上去一股油烟和香烟味儿，就这样躺在他那张一向整洁得无可挑剔的床上，手机滑落到一边，垂下眼皮。睡着之前她像是被什么东西附身了一样，我哥哥说，那样子只能用魔怔来形容。她翻来滚去，吐着舌头，上半身拼命往后仰，让人看了简直担心她要把肋骨都折断了。她喘个不停，一面伸出手在空中乱抓一气，嘴里念叨着什么，用一种他听不懂的语言。这期间她一直双眼紧闭，太阳穴上沁出汗珠。这种状态会在持续一段时间后戛然而止，紧接着她就睡着了，而且睡得很沉。她开始打鼾，口水流得枕头上一片狼藉，大大的眼珠在眼皮下面来回滚动。

我哥哥说，这是不是什么前戏之类的，一种表示亲昵的姿态，我要不要接招呢，也许她觉得这样子很性感。你怎么看，你能想到什么吗。

我想不到什么。

我说，老天，我能想到什么。

我哥哥前半生一直对女人不怎么来电。他交过各式各样的女友，有些我还见过，什么行业都有，出租车司机，理发师，牙齿上沾着口红的电视台主持人，生物学家，建筑师，兽医。但最终都掰了，没一个合他口味。他对男人也不感冒，他连他自己都搞不明白。我不明白他为什么偏偏对尼克来电，是什么让他们俩搞到了一起。据我所知我哥哥和我小的时候没被锁进箱子里过。这问题可能有答案也可能没有，总之最后就成了这个样子。

我说我唯一能想到的就是你都六十了，她才二十一。她跟安一个年纪，比安还小点。

我哥哥一本正经地说，我还远没有六十，你这么夸张干吗，非要论年纪的话，我不过才五十四五岁。我自我感觉没有实际上那么老，这和年龄什么的没关系。

他说，尼克睡着的时候看上去就像条海鳝，她缺了好多颗牙，下颚塌陷，上颚突出，两只眼又离得很近，看上去像个正在睡觉的海鳝宝宝，而她的头发——他信誓旦旦地说——在黑暗中发着光。

尼克让我哥哥开车带她进城。她要去药妆店买东西，去一家越南美甲店做美甲，然后去见别的男人。她在药妆店的开销全部由我哥哥买单：金蜜护手霜，香草味除臭喷雾，X-Lash睫毛增长液，一次性剃毛刀。她在美甲店里让人给她往咬秃了的指甲上贴假指甲的时候就安排他在外面等着。我哥哥的车就停在店门口，他坐在车里，两眼一刻不离地盯着橱窗。他看见尼克隔着桌子把手伸给服侍她的越南妹，一面抬脚踢了踢趴在桌子下面的那只狮子狗，那优雅的姿态让他惊叹不已。越南妹给她贴上银色的美甲片，再镶上彩钻。他在外面等她的时候会打电话给我说，你一个人应付得过来吧，但愿不是太忙，你再盯一会儿，半小时后我就回来。他不等我回话就挂了。尼克从美甲店出来，坐进车里，指示他出城的路线，就好像他是出租车司机。她让他开车送自己到拖车营后原地待命。拖车架上拴着几条罗威纳，那些狗扯着链子狂吠，口涎横飞，把他的挡风玻璃上喷得全是白沫。我哥哥说他不清楚她在拖车里搞什么名堂。那些拖车停在一块荒地上，每次他都把她送到一辆不同的拖车前面。她对着后视镜理一理泛着光泽的头发，然后下车，踩着高跟鞋深一脚浅一脚地穿过泥地。那地方总是一片泥泞，拖车就陷在泥地里；那片泥沼像是从土里凭空冒出来似的，因为事实上很久都没下过雨了。那几条凶猛的大狗吓不住她，她径直上前敲门，门开了，她施施然走进去，门重新合上。她在里面一待就是二十分钟，有时候三十分钟。然后才出来。

我哥哥说，你能告诉我她在里面干什么吗。

我说，你真的假的。

他说，当然是真的。

他说，是不是跟那个箱子有什么关系，会不会是因为她在箱子里关了十二年的缘故。

他一脸严肃地望着我，表情近乎绝望，看得出来是当真发问。他有着眼袋和状如死灰的皮肤，一双大手上布满鳞屑状的皮疹。他现在动不动就失眠，戒了很长时间的酒又喝上了，一天不止一包烟，看上去快七十岁了。

我只好说，也许她是在跟什么人打 Skip-Bo 吧。

我在信里写："奥蒂斯，你知道那个游戏吗，叫作 Skip-Bo 的。是一个德克萨斯人发明的，从一种名叫'怨恨与恶意'的游戏变化而来。怨恨与恶意，不知道谁的主意，把这游戏改名叫 Skip-Bo；你有玩过吗，就像'猫和老鼠'，是一种接龙游戏。你和我，我们两个从没一起打过牌，只有我和安一起打过，现在回过头来看觉得是个遗憾。很多事情让我感到遗憾，我敢肯定你不觉得有什么遗憾的，不过也许只是我的错觉。写信给我吧，给我讲讲你在读什么书，有什么感触，讲讲你都送出去了哪些东西又留下来哪些，这里只有我自己，我很想你。安有消息了，她发来了她的定位，https://t1p.de/a9os。她向你问好。我无时无刻不在挂念她，但愿她一切都好。"

我哥哥和我在酒吧里不聊尼克的事。在酒吧里我可以丢下他不管，让他一个人待在咖啡机后面他自己的位子上；他坐在那张高脚凳上，像只被拔光了毛的软趴趴的死鸟，而且是那个物种里面的最后一只。我没工夫去弄明白尼克用火星文发给他的那些短信，我有一堆事情要忙，幸好这样。我得忙着盛汤，把烹好的鲱鱼摆盘，往番茄上撒水芹碎，接扎啤，点单，收银，清理桌子，重新布置；第一波热浪汹涌而至，我哥哥在露台上又加了五张桌子，工作量比之前翻了一倍。我得把空了的酒水箱搬下楼，放到板棚后面的冷库里，把空瓶子捡出来，把满的装进去，再把箱子重新搬回到板棚里。集装箱里的制冷设备正开足马力轰鸣着，那嗡嗡声让我想起了《闪灵》里的厨房，或许是因为这里太冷了才让我有了这种联想。我回想起电影里那个总是伸出右手食指喃喃自语的小男孩，没有尽头的走廊，站在血海翻涌的电梯间前面的孪生姊妹，还有镜头中被白雪覆盖的茫茫森林。也许是因为我觉得自己正和我哥哥一起置身于某种怪诞的境地。我把酒水箱搬上楼，从他身旁进到吧台里，再把瓶子挨个从箱子里倒腾出来，整个过程他睫毛都没动一下。

我侧过头冲身后说，能劳驾开下洗碗机吗。

他说马上。

他根本没在听，一副心不在焉的模样。他像对着一口深井那样低头盯着手机，粗大的食指在键盘上滑来滑去。手机"嗡"了一声，听上去像坏了的电动剃须刀。

他说，她让我滚。

我说，萨沙，把手机从窗户扔出去，赶紧扔了。

我转身下楼到露台为客人点单。那些客人有一种难以满足的饥渴，他们总是毫无节制地点上一大堆，然后坐在那儿对着窗外发呆，生怕这辈子再也没机会欣赏眼前的风景。帆船。双体船。废弃了的捕虾船。游艇。被阳光晒得褪色的木板桥，暗淡的荒草滩，堤坝上的一排排羊群，不断涌起又落下的海浪，停在黑乎乎的系缆桩上，一边吹着海风一边梳理羽毛的鸬鹚。所有这些都将一去不返。奥蒂斯要是看到了准会说，这些人想在灾难来临前再最后放纵一把，因为他们知道末日就要到了。我想也许他是对的。那些人长着一张什么样的脸，有着怎样的言谈举止，下班后我很少想得起来，也懒得去想。几乎一次都没有。

从没有过。

船老大们忧心忡忡地抬头望向窗户，我哥哥正坐在窗户下面的高脚凳上，有些熟客习惯了和他互相开涮，也习惯了他那副漫不经心又自以为是的腔调。他说话很冲，从不掩饰对别人的看法，这一点倒是很招船老大们喜欢，他们觉得他挺特别。他们抬头望望他，小声咕哝着说老板这是怎么了，怎么不像原来那个老家伙了，一点不招人喜欢。

我耸了耸肩。

其实我可以回他们一句，老板失恋了。但我不想这么损。

休息日我去他那里帮他修剪六月初的玫瑰的时候，会和他聊起尼克。我哥哥的房子周围全都是几十年前种下的俄克拉荷马玫瑰，这些花开得绚烂至极，散发着浓郁的香气，光是从旁边经过都闻得到。我知道玫瑰是要修剪的，得把枯了的花剪掉才能开出新的，运气好的话能一直开到十一月；春天的时候必须狠心把主干剪短，越短越好，这一年的花才能开得盛。这是奥蒂斯教我的。我从没有旁敲侧击地提醒他说，也可以换个角度来理解植物的这种特性。奥蒂斯更没有给过我这样的暗示。

我帮我哥哥修剪俄克拉荷马玫瑰。我绕着房子走上一圈，给那些花浇水。因为天旱所以必须给花圃浇水，我用软管不停地浇，直到原本坚硬的地面开始变软，水不再像停在木板上一样留在土地表面。接着我把枯了的花剪掉，将发褐的叶子从枝上摘下来。园子里的玫瑰有亮红、暗红和浅红三种，浅色的香气最重。我哥哥像影子一样跟在我身后。他跟着我经过一丛又一丛玫瑰，嘴里滔滔不绝说个没完。他说他必须下决心跟尼克分手，但又不忍心把她独自撇下，说他想让她明白信任不是一个可有可无的东西，他只是想陪在她身边，做她的男友。

他说，我是绝不会把她关进箱子里的。

我俯身凑近玫瑰，闭上眼全神贯注地感受它的芬芳。水仙。香茅。三叶草。一丝旱金莲的味道，又有点像蜂蜜。

我说，也许她从没被锁在箱子里过，也许她把这个讲给你听是因为她觉得这就是你想听的。

好吧，我哥哥说，也可能，但是我怎么可能喜欢听这么恐怖的故事呢。

是啊，怎么会。

把所有的玫瑰都修剪完之后，我们俩在房前的树荫里坐下来，喝加了奶的土耳其咖啡。我和他并排坐在那里，望着那些玫瑰，天光渐渐暗了下去，而玫瑰的光却越来越亮，显得如此神秘。蚊子在我们头顶上飞舞，一丝风也没有，悬在屋顶的太阳终于落了下去，隐没在房子背后。看样子炎热的天气还会持续好几周，没有雨，没有一丝凉意，有的只是无尽的燥热。

我哥哥动情地说，玫瑰。

我说，省省吧。

直到很晚天才完全黑下来。夜里，当周围花圃里的洒水器启动了的时候，尼克来了。她骑着车从坡上下来，车把上缠着皱巴巴的莲花，一路上不时地按响车铃，尽管除了她以外路上一个人也没有。她穿过花园的门骑进院子，跳下车，把车往路中间一放，旁若无人地从我们旁边过去，绕到房子背后，从后门进了厨房。她经过我们时看都没看一眼，就好像我们俩并不存在，而她才是这里的主人。我们默默站起身，跟着她进了屋。

我哥哥的房子是带家具的。把房子卖给他的那女人没有心情——也可能是没有精力去清理屋子里的东西，所以没把它们打包带走或是把废旧的大件家具丢到马路边。她把整栋房子连同里面的家什杂物都一股脑留给了我哥哥，他照单全收。

他对她说，嗯，没问题，原来什么样就什么样好了，我全要了。

那房子几乎就是一间博物馆，里面摆满了上世纪初的老式家具，明显是为小个子量身打造的笨重的乌木床，箱笼，镜面模糊的衣柜，上面嵌着镀金的斯芬克斯脑袋，蒙了一层灰的贵妃椅，蛀满虫眼的相框，里面是一张张褪色的旧照，散发着一种幽冥、晦暗的气息；五枝型枝形吊灯，图案是卢克索古城和吉萨金字塔的彩色刺绣，滴答作响的钟表；我哥哥从不给这些钟表上弦，但它们一直在滴答滴答地响着，那声音无处不在，浮荡在整个房子里。滴答。滴答。滴答。换作是我肯定受不了，但我哥哥没什么所谓，别的东西他也一样不在乎。他把其中的两个房间腾空，剩下的原封未动。他说，不知道为什么，这些房间居然让他有一种归属感，就好像曾经住在里面的是他的祖辈，他自己则是这家族的一员。他说，有时候他觉得好像自己真的认识照片上的那些人，知道他们什么时候去的埃及，哪张合影来自哪一次节日聚会。

对尼克来说，这些钟表家具跟这房子里的其他东西一样让她抓狂。她认为我哥哥应该把这房子一把火烧了再盖栋新的。她一屁股坐在餐桌上，解开工服扣子，一把褪掉衬衫，身上只剩了内衣。她瘦得要命，白白的奶子吊在带衬垫的罩杯里。姜黄色的头发乱糟糟的，看上去很怪，像美杜莎的头；眼皮上涂着一层金色眼影，睫毛刷得像苍蝇腿。她的侧面和正面判若两人，正面看上去稚嫩而无助，侧面却给人一种果决、高冷的印象。

她说，太阳出来啦，动起来吧。

自从尼克走进我哥哥的生活，他家里的薯片可乐这些就从没断过。认识尼克之前他房子里常常空着，现在他的储藏室里总是囤着成箱的可乐，橱柜里盐醋味的薯片够吃好几年。他大模大样地把一袋薯片放到桌上，豪爽中又带着点卑微，她把薯片拉到自己面前，一拳捣上去，袋子"啪"一声爆了，她握紧拳头继续捣，直到里面的薯片被砸得稀碎，接着她把碎渣倒出来，用另一只手捧着送进嘴里。之前听我哥哥讲过，所以我知道她这么吃是因为她嘴里没几颗牙的缘故。她指了指挂在餐桌上方搁板上的一溜杯子，每个上面都印着一个名字，不知道什么人的主意。全家每人一个专属的杯子。

她说，你选谁。

我说我选——蒂达。

她说，好的，等下，那我就阿尔玛好了。

她把印着"阿尔玛"和"蒂达"的杯子从挂钩上取下

来，给我和她分别倒了杯可乐。她给自己倒了满满一杯，都溢出来了。

她说抱歉，操，见鬼，太抱歉了。

我哥哥说没关系，很正常。

他把桌子擦了一遍，接着又擦了一遍。

他冲尼克笑了笑，又冲我笑了笑。

尼克姿态优雅地举起杯子向我致意，一边说，干杯，蒂达。

她像孩子似的咕咚咕咚大口喝光可乐，打了个嗝，冷不丁一松手，杯子掉到地上，碎了。她用高跟鞋的鞋跟把碎片扫到椅子下面，心满意足地长出一口气，说，阿尔玛歇菜了。接着从她的 Hello Kitty 背包里掏出来一堆东西：口琴盒、香烟、香草味唇膏、树莓软糖、手机，还有一沓 Skip-Bo 纸牌。纸牌用橡皮筋缠了两圈，一副旧得要命的牌，莎草纸做的，看上去像在水里泡过一样，磨钝的边角起了毛，五彩的色泽已经黯淡无光。尼克洗牌，分牌，态度庄重，一丝不苟。她给每个人分了十五张。我不敢伸手去摸那些纸牌，生怕一碰就会触电，让一种微弱的针刺般的感觉传遍全身，那些纸牌震颤着，仿佛带着一种不祥的能量。我把牌在自己这边的桌面上一张张摊开，用食指的指尖推来推去。

我哥哥似乎明白尼克想要怎么打。和 Skip-Bo 的玩法风马牛不相及，我们三个毫无章法地轮流出牌，摞牌，起牌，选个花色点一点牌数，顺着打一遍，再倒着打一遍。我们只是为打牌而打牌。

我哥哥时不时地对我说，你得出"四条"[1]，真的，你得留心有没有万能牌，你出牌的时候也得看看我们出了什么。

我说好吧。

我说，对不起，我没太看明白。

尼克并不催促我，她端坐在桌前，像个古板又严厉的家庭女教师，纸牌码成扇面攥在手上，嘴里嘬着树莓糖，时不时低下头朝我哥哥望一眼，严厉的目光中竟然流露出一种类似母爱的东西。

她说，你使诈了，你嘴巴张着的时候多半就是在耍花招。

接着她又低头瞄了一眼自己的牌，说，我现在没别的好出了，说完嘟起嘴唇，动作优雅地出了一张牌。每一局都是她赢。

她说，好啦，我赢了，你们输了，就这样吧。

---

[1] 指四种花色点数相同的一组牌。

说完把所有的牌又都收拢到自己面前，指甲碰到木头桌面时发出叮叮的轻响。她把牌叠成一摞，用橡皮筋在上面箍了两圈，重新塞进包里。然后她身子朝我靠过来，又白又凉的肩膀贴上我的肩膀，举起手机跟我合照。身上散发着脂粉、树莓、薯片和香烟的味道。我猜她并没有意识到我的年龄足够做她的妈妈了，当然了她对安也一无所知，我猜。

她给我看拍好的照片。她手机上装了修图小程序，照片上的我们俩都变了样，耳朵上长着白毛，眼睛活像外星人，脑袋周围浮着好多螺旋状的东西。

蒂达和我，她轻声说。

然后又对我哥哥说，跟你拍照太没劲。

我哥哥说，你在拖车里的时候也这样吗，举着手机在拖车里面自拍，或者跟别人合拍什么的，能不能把照片也给我看看。

她说不能。

我哥哥说，为什么不能，为什么不让我看照片，为什么不告诉我你在拖车里做什么。

她说，去死吧你。

他说，下次让我送你去的时候别忘了。

尼克呻吟着，拔草似的对着自己的头发乱揪一通，两手紧捂耳朵，嘴巴和眼睛大张着，像极了蒙克的《呐喊》。

我说，别惹她，老天爷，别说了行吗。

她就这样捂着耳朵张着嘴巴一动不动，直到她确定我哥哥明白了她的意思为止。她细小的牙齿看上去像一粒粒黑色的珍珠。她打开口琴盒，里面是一副完整的青蛙骨架，她默默地指给我看，随后"咔啪"一声重新合上盖子，自嘲似的点了点头，又仿佛是对什么东西了然于心。过了一会儿，她在壁炉前的角落里一个人跳起舞来。她放上一张乡村音乐，背对我们自顾自跳着，两手交叉在脖子后面，缓缓地晃动着扁平的臀部。

我哥哥看着她。他给自己开了一瓶又一瓶啤酒，连吸了好几根烟，一面跟着唱起来——

Come along with me and we will get away from it all

We'll go through the mountain past the shining waterfall

The only sound we'll hear at night will be the whipporwill

And the chirpin' of the crickets on Chinky Pin Hill.[1]

---

1 歌词大意：跟我一起走吧，让我们远离尘嚣，穿越群山、经过闪亮的瀑布，只有夜鹰的啼叫和钦基平山上蛐蛐的鸣唱回荡在耳边。

他指指尼克，像是生怕我没注意到她，像是她的身影会从我眼前一闪而过，再也看不到似的。他指着她，像是在展示一件自己的作品。我一点不奇怪为什么她会叫他去死。

他弓着身子凑上来对我说，有好几个晚上我脑子里都是这样一副画面，我感觉厨房是一个核战防空洞，外面则是一派末日景象，只有我们俩还活着，尼克和我。我们俩独自坐在钦基平山上。一想到这里我就幸福得不得了，那种感觉很难描述。

我没有吭声。我把自己带来的剪枝钳装好，把蒂达的杯子冲洗干净，挂回原处。蒂达是谁，她现在又在哪。

我说我撤了。

我撤了，我哥哥跟着我念了一句，说真的，你什么时候开始习惯这么说了，咪咪就爱这么说。

我说，她也是，对。

他说，什么意思。

他用一种询问的眼光看着我，那种坦率和直白在今天还是头一回。说完眨了眨眼。

你也可以在这儿住一晚，睡楼上就行，n 多张床随你挑，蒂达的，阿尔玛的，都可以。

我设想了一下在楼上过夜的情形：躺到其中一张床

上，把潮乎乎的毯子盖在身上，听楼下厨房里传来尼克孔雀般的尖叫。我又想了下回去的路：夜色里的公路，悄无声息的房子，我房间的窗户外面黑魆魆的河水。

我说，谢谢，但我还是想回家去，我得好好睡一觉，你也是。

回家去，我哥哥伸了个懒腰说，回家去，听起来好怪。

没什么怪的，太正常了。

你把这里当家了吗还是怎么，我是说村子外面，圩田边上你住的那栋房子。

我说那又怎么样。

我对尼克说了声晚安，但她没有听到，或是假装没有听到。她还在角落里自顾自跳着，一面把手机举过头顶自拍。我哥哥小心翼翼想凑到镜头里，她马上把手放下来：噢别，求你了老东西，别污了我的视频。

我走出厨房进了花园，关上身后的门。夜风和暖，村子里的路灯已经熄了，所有人都在睡梦中。天空高远，繁星遍布。从村子里出来是一条漆黑的公路，零星散落的农场低伏在平原上。这世界是属于我的，因为我恰好在此时此地，就是这样——下次也许我会这么回答我哥哥。沟渠里的水干了，黑莓错综杂乱的枝叶覆盖在上面。灌木丛里窸窣作响，有什么东西在动。蝉在鸣唱。空气中散发着蓝艾菊和紫苜蓿的气息，能隐隐闻到粪肥和被炙烤的焦油的味道。田野是那样地广袤，无边无际。草场上的马匹依偎在一起，低垂着头，打着响鼻。河上的桥栏泛着微微的白光，河水一动不动，仿佛一道幽暗而冰冷的投影。走过桥，到河的对岸去，对我来说就像有一种特别的含义，仿佛河对岸是另一个国度。周围唯一的光亮来自咪咪的窗口。她还没睡。我从马路上朝那个低矮的窗口望过去，看到她独自一人坐在沙发上，身上只穿了内衣，发髻扎得老高，上面插着一支红色的木工笔。她似乎无所谓路人能隔着窗子看到她。桌上放着一瓶酒，旁边是一只半满的酒杯。咪咪正对着摆在膝间的一个什么东西捏来捏去。一块陶土。她沉浸其中，完全没有发现我正站在外面望着她。我没有去惊动她，虽然我很想和她喝上一杯。我想给她讲讲我哥哥幻想他和尼克两个人在防空洞里躲避核爆的事，我很好奇咪咪听了会怎么说，她会有什么样的念头冒出来。

我继续往前走，回到自己的住处，打开门锁，在门前站了片刻，听门廊里有什么动静。

我想知道那个东西在不在房子里,我不在的时候是不是有人来过。我也说不清会有什么人来,也不知道为什么我会这么想。

安。

奥蒂斯。

阿利尔德?

或许那个东西夜里外出活动了,或许它在听到我回来后屏住呼吸一动不动,留心着周围一丝一毫的动静,就像我一样;或许它已经被困在笼子里好几个钟头,身子蜷成一团窝在那里。我打开厨房灯,两只硕大的蛾子被惊动,朝着灯的方向飞去,翅膀在天花板上扑扇不停。

我拧开水龙头接了杯水喝。

然后坐下来动笔写信:"亲爱的奥蒂斯,尼克不管去哪总是随身带着一副青蛙骨架,她把它放在一个有绿色丝绒衬里的口琴盒里。你还想知道别的么。现在我要去睡了,夜已经深了,在圩田后边,潮水已经在冲刷堤岸了。"

*

我不上班的时候,咪咪会来叫我游泳。她非逼着我和她一起去不可。她在我的厨房窗户上使劲拍两下,手里举着翻开的潮汐表，用一种责备的语气大喊：涨潮啦，带上你的泳衣和浴巾跟我走，潮水可不等人，但我会等你！说完就骑着那辆破车在房子前面不耐烦地兜起圈子来。咪咪矢志不渝地爱着海泳，她说海泳是一种炼金药，能延年益寿，给人带来快乐，是来自上帝的馈赠。

我们过了河，沿着曲曲弯弯的公路进了村子，从村子中间一路穿过。广场上人头攒动，暖烘烘的空气闻上去有一股棉花糖和杏仁糖的味道，游客们要么在纪念品商店前踌躇不定，要么在疗养公园浓荫遮蔽的长椅上打盹，或是在酒馆餐吧门口排队等位。贝壳形状的露天音乐厅里，一支管乐队正在演出，那些乐手平时就住在海滩尽头的板房里，他们正无动于衷、心不在焉地演奏着，手中的乐器反射着刺眼的阳光。这地方整个儿糟透了，我哥哥居然在这里坚持了这么久并且还在坚持，简直是个奇迹。咪咪晃晃悠悠地骑在我前面，她的车子发出刺耳的吱嘎声，游客们放下手里的蛋糕叉，摘下太阳镜，盯着她看了起来。他们也盯着我看。我知道，有个别人认出了我，我听到一个声音说，这不是那个酒吧女招待吗，那边那个，骑脚踏车的——不，不是那个高个子，是另一个。谁也不知道我其实是酒吧老板的妹妹，我哥哥不想让人知道，他觉得这样会让他显老,我也不想让人知道我在给他打工,因为我根本不想和谁扯上关系。我没有理会那些人的目光,自顾自地骑着车跟在咪咪后面,同时又有点好奇我们在别人眼里是什么样的。我们俩没穿鞋,车子也不是租来的。咪咪像喝多了一样歪坐在车座上,裙子随着她蹬车的动作撩起老高,露出一截光着的大腿。她从村子中央的广场上横穿而过,这是她的地盘。路人踉跄着退闪到两边,脸上满是诧异。到了码头,我们推着车上了堤坝,把两辆车并排着随便一靠,然后从车后座上取下篮子,朝着堤道走去。码头另一边的"贝壳"生意火爆,我望到我哥哥端着放了酒杯酒瓶的托盘小心翼翼地走下楼梯,但我不打算跟他打招呼。咪咪大步流星地走在前面,已经等不及要下海。她要从堤道出发游到港池里,她说自己很小的时候就开始在港池里游泳了。浅滩对她来说太过风平浪静,哪怕蹬上一刻钟,涨潮时的海水最多也不过没到膝窝。对咪咪来说太小儿科了,她要一头扎进水里才痛快。大海是她的家。

　　堤道上有一段通到水面下的木梯。以前一到冬天梯子就被拆除,到了旺季游客多的时候再重新搭好。过去两年已经没人管拆木梯的事了,木梯经受着暴风雪和潮水的冲刷,却一直没有坍塌。岸边的梯子有没有得到维护已经没人在意了,再也没人热衷于做这一类的事,咪咪认为这不是个好兆头。

只有我们去港池里游泳。虽然是初夏的炎热时节，海水却还是冰凉，锈红色的水里有很多泥沙，帆船从堤道旁经过，朝着开阔的外海一路驶去，远处的海面上有油轮和军舰在游弋。退潮时水流很强劲，这时候游泳很消耗体力，只有游泳健将才有勇气下水。咪咪拉开裙子拉链，从头上褪掉衬衫，迫不及待地脱掉内衣，把自己脱了个精光，仿佛眼前的大海是她的情人。她一般裸泳。她把脱下来的衣物塞进篮子，挽起头发，一步步走下台阶，毫不迟疑便下了水，中间没有任何停顿。她没有先去试探着撩些水泼洒到肩膀和胸上，没有呼哧呼哧大口喘气，也没有故意屏住呼吸，而是一个猛子扎进水里。这本领是她从外婆那里学来的，当年她的外婆甚至在十二月一月的时候也下海游泳，游完了紧接着就把随身带去的扁酒瓶拧开喝上两口烈酒，再站在冷风里把身子吹干，她教会了咪咪如何抵御严寒。我想，要是咪咪的外婆看到咪咪现在游泳时的样子就好了，她一定会感到骄傲的。偶尔也会有人走到堤道上来，趴在栏杆上望着正在大海里畅游的咪咪，就像在观看马戏团里的杂技表演。居然有人在这种又咸又脏的海水里游泳，而且水温这么低，这让他们觉得不可思议。这儿的水温很少超过二十度，即便有，咪咪十分肯定地说，游着游着她也会觉得那种温度热得让人不舒服。

她像个女王那样游着，露出水面的脑袋高高昂起，双眼紧闭迎着阳光——她所谓的日光浴。这个时候很少有人敢朝她大声喊话，仿佛生怕会打扰到她。

她沿着堤道一路游去，渐渐地离开港池，游到了很远的地方，不知什么时候几乎快要看不到她的头了。她在远处的海面来来回回游着；她对这一带了如指掌，懂得如何避开潮沟，潮沟四周吸力很大，很容易把人卷到漩涡里去。她说，每次她都会听到一个声音大声地召唤她，叫她朝那个地方游过去，但她能克制住自己，不被那个声音诱惑。二十分钟后她游回来了，她放慢动作，攀住阶梯底部的栏杆，仰面浮在水上，任凭波浪冲刷自己的身体。接着她踩着阶梯从水里走上来，一面大口喘息着，像淋湿的狗那样抖落满身的水。她的裸体丰满而健壮，身体的各个部分都很健美，无论是胸，臀，还是遍布雀斑的浑圆的肩膀。她留在台阶上的湿漉漉的脚印很快就消失不见了。

她说，太美妙了，简直难以置信。

她把浴巾裹到身上，在我身边坐下来，从篮子里翻出巧克力和杏子，随手递了一颗给我。

你不下去吗。

去，过一会儿吧。

游完泳，咪咪坐在堤道上给我讲起了海妖的故事，那一定是她在远处游泳的时候想起来的。她说，这个地区的纹章是个海妖的图案，一个被人驯化了的女妖，扎着辫子，左手捂胸，右手高举作发誓状。她是两百年前被一群渔民从海里捕捞上来的，他们把她带回到陆地，然后奸污了她，又把她重新放归大海。距今最近的一次海啸发生在十八世纪，那就是复仇的海妖干的。大致就是这样一个故事。

奇怪，我说，为什么这地方的人一定要用这只美人鱼作为他们的纹章图案。

是海妖，咪咪说，你应该叫它海妖。美人鱼是渴望有人去拯救她的，但海妖不是。

我摆摆手，拒绝了她递过来的杏子。我说，好吧，可问题是为什么要把一只海妖的图案放到纹章上。

因为她属于这里，咪咪一面说一面望着我，那眼神仿佛在说，这个人简直不可救药。因为她的传说是这里的一部分啊，她说，你到底有没有听过关于这地方的哪怕一点点传说呢，你知道为什么当地人是这样的吗，你到底知不知道自己在哪里。

我说，老天爷，咪咪，我不想一直待在这儿，我又不想在这地方扎根。

她说，不想吗，噢，原来如此，啊哈。

她不再说话了，从篮子里取出一瓶防晒霜，动作麻利地往自己的肩膀和脸上涂了起来；她擦脸的样子就好像她是她自己生的小孩。接着她把瓶子递给我，我也学着她的样子涂起来，为了讨她欢心。她一直望着我，等我涂完。

耳朵，你忘了涂耳朵。

最后她说，现在你想听听那个海妖究竟是怎么回事吗。

我说，当然。

她说，好，这样我才高兴。

她啃了一口杏子，然后攥着它朝大海的方向指了指。远处的海水是页岩一般的颜色，浑浊不清，浅滩上沿着航道分布的标志仿佛是一些用浅淡的笔墨轻描上去的枝杈，彼此间隔开很远的距离，愈来愈远，直到消失、融化。

海妖是在布劳厄航道被捕获的。在涨潮后的滩涂上，渔民们把她从水里打捞上来，带到陆地。那是一只十分年轻的海妖，确切地说是个少女。绿松石色的鳞片上镶着金边，肌肤雪白，有着一头海藻似的绿色长发。一个不可多得的尤物。他们把她带到陆地，拖进一间窝棚里关起来，接着便开始折磨她。没日没夜地折磨。

我说，天哪。

咪咪说，就是这样的，人是怎么折磨一只海妖的，你能想得出来吗。

我说，我还是别想了。

她说，那我来讲给你听好了，他们把她身上的鳞一片一片拔掉，强暴她，把她往死里揍，用拳头砸，用脚踹。所有的男人轮着上，一遍又一遍。他们一辈子都没见过海妖这样的尤物，他们脑子里只有一个想法，那就是把她折磨死。之后他们又把她拖上船，开到海上，丢进大海里，就在原先把她捞上来的那个地方。

咪咪长长地舒了一口气，把杏核含在嘴里细细地嘬了起来，接着把核吐到摊开的掌心里，端详起来。

她说，这是他们的一个失误，如果他们按照以往的习惯随便找个火堆把她胡乱一埋，也许就是完全不同的结局了；但他们不愿意把她留在身边，因为他们觉得害怕，他们心里有愧，觉得最好还是让她回归大海，回归她的本源。

后来呢。

后来这个地方就被海鸥占据了，白茫茫一片——咪咪用一种骇人的语气说。第二天早上到处都是海鸥，成千上万的海鸥，一片白；直到今天，暴风雨一来就会出现数不清的海鸥，那就是她的阴魂。成群的海鸥落在田野和盐沼上一动不动，像是在等待着什么。随后潮水涌上来，夜里又起了风，越刮越猛。月亮升上来，潮水不光没有退，还在不断地涨。午夜的时候大水漫过了堤坝——那时本地人就习惯这么叫了，其实只是一堵用泥土、稻草和动物尸体砌起来的破墙。潮水把方圆几公里的地方全都吞没了，狂风暴雨持续了三天三夜，洪水冲走了穷苦的村民，毁掉了他们的一切。什么都没有剩下。

咪咪说，传说是这样的，这就是故事的全部；我把这个讲给你听是因为有一次你问我要做一个什么样的作品。

我不记得自己问过她，也许只是有过这样的念头。我想问她夜里坐在窗前反反复复摆弄那些粘土是在做什么东西。

你觉得听上去耳熟吗。

我说没有，为什么耳熟。

天呐，咪咪说，你一定听过啊，这是个女权故事，你怎么能没听过呢？是那种老掉牙的无聊故事，这世界上最古老的故事就是关于女人的故事了。被奴役，折磨，囚禁和凌辱的女人。

我说，我不知道你想说什么。

是啊，咪咪说，我自己也不知道。我很想把这只海妖身上的什么东西给画下来；我做陶的时候也是想从她身上捕捉到点什么，把她的一些东西化为己有。她的抗争，怨愤，所有这些。

她侧过脸来望着我，我把视线转向别处。

她说，你有没有抗争过。

应该没有吧，也可能有过。也许我没什么好抗争的。

咪咪说，一旦你在这儿的大海里游过泳之后，身上就一定会沾上那种气息。它就在海里，你会在不知不觉间被传染，不管你愿不愿意。

我说，你的意思是我需要沾上一些，是吗。

咪咪笑了笑说，这算什么问题，说真的，对一个女人来说她身上的这种东西越多越好，你不觉得吗。

我起身脱掉衣服，换上泳衣，小心翼翼地沿着台阶一步步走下去，一直走到齐腰深的海水里，然后掬起水泼到自己的肩膀、胸脯和脸上。起初咪咪一直板着脸对我做着各种指导：别站在那里不动，要一头扎进去，不要犹豫，大胆游就是了，不要磨叽。不知什么时候她忽然安静了下来，不再作声。海水冰凉，闻上去有一股混杂着海藻和淤泥的味道。我吸了一口气，一头扎进水里，脚对着台阶用力一蹬，睁着眼睛游了出去。高空中几只海鸥正借着气流盘旋飞升，它们斜倾身体，保持着不变的姿势一路滑翔。

反射在海面上的阳光，被我正在划水的双手搅动，搅碎。咪咪不知道的是，很久以来我一直害怕在深水里游泳，但更早之前没怕过，我猜这可能和安有关，因为她头也不回地搬走了，丢下了我和奥蒂斯。或许是安不在身边让我缺乏安全感，或许也因为失去了奥蒂斯。我只敢沿着堤道游，一直游到尽头再折回来，我有种感觉，我怕自己突然间忘记了怎么游，忘了该怎么协调动作，这样的话一旦我陷入恐慌就可以站在堤道下面的石基上，保持不动。我没有着慌，但我的泳姿却跟咪咪完全不同。我很想告诉自己，恐惧这种东西是会过去的，它也会变化，就像几乎所有的事物一样。

我们在堤道上铺开浴巾，仰面躺上去，闭上眼，就这样躺了大约半小时。阳光强烈。海水涨上来，漫过台阶，舔舐我们赤裸的双脚，然后回落，后退。没有风。船上的桅杆和帆索彼此轻缓地碰撞着，敲出叮叮咚咚的声音。"贝壳"的露台上坐着一些客人，他们的喧嚣是那样遥远。

日子慢下来了，你觉得吗，咪咪说，我觉得日子越来越慢了，慢得让人不舒服。不过这样一来人就有时间去想明白自己拥有什么，去看得更清楚。你就会知道哪些是你想要的，哪些是可以放弃的。

她说，你明白我的意思吗。

我说，明白，也许吧，我得好好想想。

我们俩伸展身子，在同一时间翻过身来，面朝下躺着，长时间地沉默不语。我们似乎一无所有，或者我们只是留住了本来就有的东西，为了自己。我不知道咪咪在想什么，也不太确定自己在想什么。当我重新睁开双眼的时候，她两手托腮，一脸严肃而又睡意蒙眬地望着我，用一种几近温柔的眼神。接着她忽然一下子坐起来说，不错，你看上去似乎很自由，不是吗。你没有任何羁绊。是我搞错了。

停在系缆桩上的鸬鹚张开了翅膀，咪咪瞥了一眼，鄙弃地说，跟神像似的，应该把它们供奉起来。她拍了拍手，那些鸬鹚飞起来，划着"之"字从我们头顶经过。我没有回应她，她也没再追问什么。她站起身，我们穿好衣服，收拾好各自的东西，推着车子回到海滩上，往堤坝上走。我用余光瞥见了我哥哥，他看到了我们俩，正朝这边挥手，但我装作没看到他。今天我休班，我知道他又想说服我替他顶一小时班，然后一走就是三个钟头。我们翻过堤坝，"贝壳"被甩在了身后很远的地方。咪咪说，我们上我爸妈那儿去吧，喝点茶。

安姆珂和奥诺住在老屋；在咪咪的家族，当上一代人把农场交给下一代经营之后,他们自己就搬到老屋去住。那房子紧靠着堤坝,一旦遇上发大水溃坝就必须撤离。房子周围是一丛丛伏牛花和密密蓬蓬的醉鱼草,房子里有好几个房间,有宽敞明亮的厨房,还有一个很大的园子,园子里没有种菜,但有一张拉得很低的网,下面养着一群珍珠灰和黑斑纹的母鸡。咪咪和阿利尔德小的时候,安姆珂每到夏天都会请一些亲友来乡间小住,她还雇了些人在农场上帮忙,所以家里时常有陌生人出入。这些人和他们一起在厨房吃早餐和晚餐。有一个雇工会弹钢琴,安姆珂常付钱给他,让他放下手边的农活儿,弹一整晚的拉赫玛尼诺夫给大家听。咪咪之所以讲这些是为了让我去见她父母时放轻松些,她猜我见到他们会紧张,但我没有。到安姆珂和奥诺家做客是个很自在的事,两位老人属于那种看上去漫不经心,性格平和而友善的人。我们一起坐在花园平台上喝茶,游完泳后总是肚子很饿,有时我们会吃到葡萄干面包配黄油,有时是黑面包蘸果酱,或者糖饼。奥诺有一间温室,咪咪告诉我说那是他的育种基地,里面都是些几乎快要灭绝的稀有品种。他端着茶杯独自一人钻进温室,隔着玻璃朝我们挥挥手,接着就俯身去侍弄那些盛满土的盒子;哪怕是坐着也能明显看出他是阿利尔德的父亲,只是看上去更瘦弱些,并且因为上了年纪的关系背有点驼。安姆珂坐在平台边沿的矮墙上，身板挺得笔直，左手叠右手揣在怀间。她是个做事严谨的高个子女人，过去农场上的事一直是她在打理，奥诺只管种地，其余的一概不闻不问。我们喝茶的时候她就在一旁看着我们，和看那几只灰母鸡在土里四处啄食时一样专注。

哎，太热了，安姆珂说，谁能扛得住这种天气呢，就连鸡也受不了，真不明白奥诺怎么能在温室里待那么久，他为什么非要猫在那儿不可呢。

咪咪说，爸爸需要独处。

啊哈，安姆珂说，原来如此。

她从不开口向我问起什么。我敢肯定她很清楚地记得我哥哥，记得给他端到床前的早餐，记得他年轻气盛的样子，还有他喂猪时的狼狈相。但她只字未提，也许看到她女儿在和我哥哥交往这件事上改变了主意让她高兴都来不及。我们三个静静地听着从堤坝背后传来的退潮声，一阵阵涌浪泛起，汹涌的波涛拍击着远处的海岸，喧嚣不止。有时我们也会说起很久都没有下过雨了。有时安姆珂会问咪咪阿利尔德怎么样了；据我所知，虽然他们兄妹俩关系有所缓和，但她并没有再到农场上去过。每次咪咪讲起阿利尔德的时候，安姆珂就会用余光暗自打量我。临走时她伸出手来和我握手，握得很用力，但她的手却出奇地软。

回去的路上咪咪说，我觉得那个海妖是个外乡人，是从别的什么地方来的。她看上去和这里的人不一样，说的话也不一样，这让他们觉得害怕。他们把她囚禁起来，奸杀了她，之后又把瘟疫，海啸和所有的厄运全都嫁祸到她身上。我是这么觉得的，但我并不真的感兴趣。世界上的事不就是这样吗，就是这么回事。这车子老是嘎吱嘎吱响，太烦人了，你听到没。你听不见吗还是怎么，我得给它上点油了，反正得怎么弄一下。

我说，尼克不会游泳。就是我哥哥的女朋友，我猜她不会游泳。

咪咪说，那个神志不清的疯女人对么，老是脚蹬高跟鞋，身上穿一件印着查尔斯·曼森头像的夹克，头发乱得像鸡窝，穿一双从 TK Maxx 淘来的恨天高的那女人；有一次我看见她对着停车场的计费器狂踹，想试试里面会不会吐出来钱。她也是个海妖，你不觉得吗。她得快点学游泳了，让你哥哥教教她，晚了就来不及了。

我心想，谁教也轮不到我哥哥来教。游泳是一门艺术，必须得咪咪来教，但她肯定不乐意这么干。

咪咪说，你有阿利尔德的消息吗。

她的语气听上去像是这两件事有什么关联似的。

我说没有，不知道，你呢。

她没有说话，朝我眨眨眼，蹬了一下踏板，吹着口哨骑走了，把我甩在身后。我望着她的背影，她笔直地坐在车座上，骑得飞快。一群燕子叽喳着，在她身后上下左右地翻飞，穿梭不停，像是在用十字针脚缝缀她走过的路。四周的田野一片荒芜，她的黄裙子在一片焦枯中闪闪发光，那样地耀眼。过了很久我还能看到她的身影。路面平坦，空阔，一览无余。

那天晚上我在 skype 上呼叫了安，几个月来第一次，自从我住进圩田边的这栋房子以后。她最后一次从平原上发来消息是几个星期前了，我不清楚她现在在哪。安的游泳是跟我学的，她还什么都不会的时候就已经会游泳了。她是游泳好手，有着结实的肩膀，划起水来十分有力，可以一直让前导手保持动作，迎着水流向前游动，一旦游累了就随时转身。我很想把这些讲给咪咪听。但安不在线，她在忙自己的。我也不确定想对她说什么，我呼她是因为感觉到一种突如其来的莫名的软弱。一种多少来自身体的软弱。我必须学会没有她的生活，学会度过没有她的时间，不去想她。我相信，当我学会这些之后，那种对在深水里游泳的恐惧就会消失。我多想听一听她的声音，多想知道她在哪，过得好不好。

*

我对咪咪撒了谎。其实我有阿利尔德的消息：他打电话来请我去他那里吃饭，不知道为什么我不想让咪咪知道这事。他说请我到他那去做客，我说我很乐意。那天傍晚我很早就骑车出发了，我没有走和咪咪第一次去农场时走的田间小路，而是走的公路，还没到农场就远远闻到了那儿的气味。化肥，猪，沤烂的大粪，饲料，干草。接下来才看见那排高大的杨树，房屋的山墙，后边是庞然大物般的谷仓，一排没有窗户的低矮板棚是猪舍。阿利尔德站在公路中间，胳膊下面夹着什么东西，他俯身从地上捡拾什么的时候，好像又有东西从他怀里掉了下去，接着他消失在路边的沟渠里，很快又爬了上来，一边在嘴里骂骂咧咧。

汉堡和巨无霸的包装盒。

泡沫箱，薯条袋。

被轮胎压扁了的咖啡杯，矿泉水瓶子，啤酒罐。他在捡这些。

我从车上下来。

他像是当我不存在一样从我身边经过，怀抱一堆垃圾走进仓库，我听到了垃圾桶盖打开又合上的声音。然后他走出来，捡起被丢在地上的最后一只快餐包装袋，用手背擦了下嘴，在我面前站定，用一种我完全猜不透的表情望着我，过了一会儿才开口说，那些人往车外丢垃圾。一帮只知道吃垃圾的东西，吃一路撒一路，吃剩的烂七八糟随手一裹就从车窗丢出去，下回谁要让我逮住非把他一枪崩了不可。

我既没有追着阿利尔德不放，也没有开口求他请我吃饭，现在却恰恰让人产生了这样一种错觉。我想了下要不要转身回去，但随即又打消了这个念头，推着车跟他进了仓库，他在我身后关上仓库门。没人知道我在这里。或许也不可能有人知道。他不带任何感情地拉住我的手，领着我沿猪舍一路过去，进到房子里。

他说，把鞋脱了。

那几只一点点大的黑猫不见了。

阿利尔德还没开始做饭，他想的是和我一块儿做。他把我领进一个紧靠厨房的房间，这间屋子过去大概是农场用来存放食品的，里面曾经放着够全家人消耗，还有招待雇工和宴请宾客用的食物。壁橱上蒙着一层灰。阿利尔德掀开角落里的冰柜，给我看他采买的东西，他给自己挑了冷冻花菜、豌豆、豆角和速冻炸肉排。冰柜里还有裹了面包糠的冷冻鱼柳和鸡腿，盒装的菠菜块儿。他捞出一只盒子晃了晃又丢回冰柜，那东西看上去似乎没什么分量。我不由得想起我哥哥，我现在明白他说的关于防空洞的那些话是什么意思了，眼下我和阿利尔德也是差不多的情况。我们因为一个很偶然的机会一起来到了一个陌生的星球，只有我和他两个人。

你想吃点什么，阿利尔德说。

他把一盒浆果拿在手上晃了晃。干燥的冷气和从冰柜里射出来的深海般的光线让我晕眩。我知道奥蒂斯会对这种储藏方式作何评价。容易腐烂变质。

阿利尔德手撑在冰柜边上往里瞟了一眼，又看看我。

他说，你看上去休息得不错。

我说，花菜。配一小块炸肉排。也许再来点土豆，要那种真的，正儿八经的土豆。我来削皮。

阿利尔德居然找到了土豆。他又找出一把削皮刀。我们把所有的东西都拿到厨房，我坐到桌边开始削土豆，他把焯花菜用的水烧上，又备好了煎肉排用的平底锅，显然他觉得在一旁干等太浪费时间；不是因为饿了，而是因为别的，因为紧张，因为那样的话就不得不说些什么来打发时间。我还带了瓶酒过来，我对他说，你去把它打开吧。

他说，我不喝酒。

我说好吧，但是我喝。我一个人也能喝一整瓶。

他找来开瓶器，不太熟练地拔下瓶塞；趁着削土豆的工夫，我用一只芥末罐先倒上一点尝了尝。我在一边看着他搅动锅里的热水，把煎锅放到灶眼上又移开，身体的重心从左脚移到右脚，又从右脚移到左脚，双手交叉放在脖子后面，长长地吁了一口气。

我说，你可以摆餐具了，我们可以摆餐具了。

早先奥蒂斯和我一直是共用一个盘子吃饭。刚开始在一起的时候。我们各自都离不开对方，在任何一方面都是，所以也不可能分开盘子吃饭。每次都是奥蒂斯把一个盘子放在桌上，我们俩彼此挨着坐在一起，吃淋了亚麻籽油的土豆泥配甜菜根，吃的时候撒上些粗的灰盐粒。我不记得这习惯是什么时候打破的，一定跟安有关系，总之有一天桌上的盘子从一个变成两个，中间是一只婴儿用的塑料碗，后来换成了一只底儿上印着长颈鹿和数字的盘子。不知从什么时候起又变成了三个同样大小的盘子，白盘子，边上是一圈蓝。再后来安就只吃盒装的中国面条，她站着用筷子吃，一边说我得马上走了我爱你们；我能看到她靠在冰箱上，左手端着餐盒，右手把面条绕在筷子上，狼吞虎咽，神情恍惚，像是嗑了什么，直到现在我还能听到她用筷子刮擦盒底时发出的声音。安光着脚，因为总是踩在草地上，脚底染上了深浅不一的绿，赤裸的腿上满是蚊子包和一道道抓痕，她有一双漂亮的腿。我看得到她的手，还有手腕上的链子和饰带，关节处挂着一大堆这样那样的链子，乱糟糟的头发，银耳环，她帆布包里的各种卷烟用的工具，裂了屏的手机，那手机总是没完没了地响，我能看到她接起来说"嘿老兄"，然后顿了一下说，我正和我妈在厨房呢，回头打给你，我能看到她说这话时脸上的微笑。她左侧太阳穴上有块疤，右眼皮有一点点下垂，睫毛很浓，而且出奇地直；她发现我在看她便回看了我一眼，忽而又把目光转向别处。她面无表情地打着哈欠，把吃过的餐盒胡乱往桌上一搁，黏糊糊的筷子就那么丢在桌上，接下来好几天厨房里都是一股中国面条的味道。后来她走了，之后不长的一段时间里奥蒂斯和我还是用各自的盘子吃饭；我们两个人面对面坐着，几乎没什么话，再后来我就搬了出去。奥蒂斯一个人甚至都用不着盘子，他只需要面包干和茶——那种住在岛上或者住在环礁和船上的人吃的东西就够了。我知道，用不了多久他连面包干也不需要了，茶也不喝，只喝水。如果不是二十年前曾经和奥蒂斯合用一个盘子吃饭,我是绝对受不了看阿利尔德这样摆餐具的。一件事总是和另一件事连在一起,现在这样是因为过去那样。这一个是因为那一个。我想写信告诉奥蒂斯,事情就是如此,而且你知道吗,这没什么好悲伤的。

阿利尔德往桌上放了两个盘子,从盘子的摆放来看,他自己坐桌子一头,我被安排在餐桌一侧和他相邻的位置。看上去这间厨房里有好多人聚在一起吃饭似乎是一百年前的事了。他从冰箱里取出一罐啤酒,脸上慢慢浮现出一种略带谨慎的愉快,不一定是因为我的关系,更多的是因为社交本身,因为想到有人和他一起吃饭。

他说,你吃肉对吧。

我说对,你看出来了是么,反正我挺喜欢吃肉的。也许今天是最后一次。

他皱了皱眉头,决定假装没听到我的话。他要么没什么幽默感要么太过腼腆,或者两者都是。他坐下,起身,再坐下,好不容易才捱到可以动手煎肉排的时候;他把花菜倒进沸水里,又在抽屉里翻了半天调料却没有找到,因为这里除了盐和胡椒什么也没有。土豆煮好了,他看着我把土豆捞起来沥水,脸上现出一种大功告成般的兴奋。

他说，其实蛮简单，这么快就好了。

他往我盘子里盛了一大份，给自己盛了有两倍那么多。花菜煮过了，少了点儿肉豆蔻和黄油。土豆还算过得去，肉排一塌糊涂。我饿了。我又给自己倒了一杯酒。来之前我一直很紧张，现在不知不觉中都已经快吃完了。我挺过来了。一切都很顺利，而且意想不到地自然，显然我和他都不觉得非得聊点什么不可，也不用刻意跑到猪舍里去没话找话。我们没那么做。我们能听到猪叫声，或许这就够了。

阿利尔德吃光了他盘子里的那份，动作利落地收拾好餐桌。他把盘子丢进洗碗机——天知道那些盘子为什么没碎——再把洗碗机的门"砰"的一声合上，每一个动作里都透着点粗率和急躁。他把桌上包括盐瓶在内的所有东西都一一清走，然后擦了两遍桌子，停顿了一下，想了想还有没有别的可收拾的。接着又从冰箱里取出一罐啤酒，掏出插在衬衣兜里的香烟盒，把烟灰缸往桌上一拍，转身出了厨房。过了一会儿抱来一摞相册放到我面前，显然他为我的来访做了准备。我从中抽出一本翻开看。这时我忽然想起了尼克，想起她抽出一张牌翻开看，还有她噘嘴和微笑的样子。

有一张照片是农场、房子和谷仓，大概是五十年前拍的，周围是大片的田野和石灰白的路面，一辆蓝色轿车停在门前的车道上，照片下方有一行花体字：不役人，亦不役于人。

还有些阿利尔德小时候的旧照。

阿利尔德和咪咪光着身子站在一片开满蒲公英的草地上，怀里抱着小羊羔，头戴雏菊做的花冠，身后是碧蓝的泳池；还有某一年的感恩节阿利尔德坐在拖拉机上拍的照片，一头金发被阳光漂白；留着短刘海的咪咪一身绿色的衬衫裙，短袖上缀着熨得挺括的亚麻袖口；还有些画面糊了的快照，色调是柔和的棕、深棕和灰。农场和堤坝之间是春天的田野，油菜和小麦，秋天黑魆魆的田地，冬天被雪覆盖的厚实的土块。雪堆前的花楸果。圣诞树。开心的阿利尔德。一脸茫然的阿利尔德。无论怎么看，照片上咪咪和阿利尔德的亲密程度都同我和我哥哥小时候没什么两样。

我一页一页翻看。阿利尔德从烟盒里拍出一根烟，将一头立在桌面上磕了磕，点上。他往椅背上一靠，表情严肃地望着我，看我如何逐页翻看，目光在每一页上停留多久。

他说，早先没有这个地方，这里只是片没法住人的沼地；后来海水退了，安全了，人们才跑到这里来建起了村子，这儿的土地很肥沃。

我等着他把话说完好继续翻页。

他说，所以他们才愿意留下来。

有一张咪咪的照片，是在屋后一棵巨大的紫叶山毛榉上拍的，她坐在高处的枝杈上，骑着粗大的枝干，膝盖上有磕破后留下的伤疤，梳着两条粗辫子，缺了门牙。大概五岁的样子，看上去野性十足。

阿利尔德把夹着烟的那只手往上抬了抬，礼貌地避开我，烟飘进了厨房。他说，那时候到处都灰扑扑的。没有油菜花，没有亮眼的东西。到处都是泥煤矿渣这些，雨一下起来就没完没了。人们把死婴埋到火堆下面，死去的动物也一样。一群野蛮人。

我说，对，咪咪给我讲过。看得出你们都希望我知道这回事。是想让我从中悟出点什么来吗。

阿利尔德吸了一口烟，用一种满是诧异的口吻说，也许吧，也许你能从中悟出点什么。这可不是什么诗情画意的地方。

我说，谁这么觉得了。

你也有这种相册对吧。

我迟疑了一下，说可能也有差不多类似的。

他说，在哪。

在城里，奥蒂斯的储藏室里。就是我丈夫那儿。他在他住的地方保存着这些东西，为了以后留给我们的女儿。

我们俩说的是两回事，阿利尔德问的是我小时候的照片，我说的是安小时候的照片。或许他也发现了这一点，总之他没有吭声。他眯起眼，摁灭烟头，两手往胸前一叉，会意似的点了点头。

我清了清嗓子，合上相册，隔着桌子推到他面前。

我说，你偶尔也去游泳吗。

他说，你是说在这儿还是哪，下海吗还是什么。不，从不。我连想都不会去想。

虽然我猜到会是这样，但听他这么说还是有点伤感。我曾经设想过咪咪和阿利尔德一块儿游泳的情形，我把他们想象成国王的孩子，我甚至设想过我们三个一起去游泳的情形，我的确这么想过。多么天真的愿望。

你在别的地方待过吗。你有没有离开这里，去别的地方旅行过。

阿利尔德果断地摇了摇头，他张开右手，做了个结束对话的动作，说，从没有。没离开过，没旅行过，哪都没去过。也想不出有什么意义。

后来他郑重其事地为我拉开壁橱正中间的那扇门。门背后是一段楼梯，往下走五个台阶，便进入了一个漆黑的房间。这是阿利尔德的卧室。百叶窗全部落了下来，整个房间幽闭，隔绝，像是某个秘密中枢或控制中心，作用是让一套功能复杂的个人系统维持运转。在这样一个房间里，一个像阿利尔德这样的人可以获得一种与世隔绝的安全感；我有种感觉，那就是除了他以外，我是第一个进这房间的人。

靠墙放着一张大床，看上去和军营里的床铺一样整洁，床尾是一台电视机，墙角立着一个衣帽架，就这些。床单显然是阿利尔德小时候的。蓝色床单，上面是黄色的星星和一个笑眯眯的月亮。我脱掉衣服，我想我可以把衣服挂到衣架上，房间里没有椅子，最后我把衣服堆在了地板上。我躺到床上，床单凉冰冰的，闻上去有一股混合了肥皂和皮肤的味道。我听得到阿利尔德在浴室里的响动，所有声响都毫无疑义地传递出一种雄性个体特有的气息，一种占有的满足。我侧转身躺着，头晕目眩，醉意和困意交织在一起。我说不清自己在期待什么。人的第一印象往往是种不期然的错觉，我想道。阿利尔德走了进来，他转身关上房门，房间里的声音顿时变得闷钝，像是在一间录音棚里。他光着身子，腹肌紧实，性器挺拔。他就这样站立了片刻，然后伸手关了灯，四周的黑暗像水一样在我们周围蔓延开来。

天蒙蒙亮的时候手机响了，阿利尔德立马醒了过来。睡梦中他一直紧贴我的身体，手放在我左乳上，头埋在我的肩胛骨之间。他叹了口气，掀开被子，起身抄起手机走了出去，铃声渐弱。我睁开眼默默谛听。房子周围有风。杨树叶沙沙作响。猪群发出高亢而尖利的嚎叫，像是神话中的某种孤独的动物在哀嚎。这就是阿利尔德每天在天亮的时候听到的背景声。百叶窗的缝隙间，有纤细而柔软的光带在浮动。哀嚎声由小变大，此起彼伏，又在某个歇斯底里的瞬间戛然而止。我躺着不动，躺了有半小时或一小时那么久，然后才起床。

厨房的餐桌上放着两份早餐，阿利尔德为我准备了三颗白煮蛋，一壶茶。我没跟他提过我有喝茶的习惯，不知道他是怎么知道的。收音机开着。他在低头看报纸，见我过来，他把报纸摊开，随手递了几张给我。外面太阳已经很高了，阳光下的油菜田一片灿烂。我坐到桌前，拿起一颗蛋在桌沿上磕破，蛋煮得有点老。以前每次不小心把早餐的蛋煮过了的时候，奥蒂斯都会一通牢骚，责怪自己居然连一颗嫩点的鸡蛋都煮不出来。煮蛋对他来说一定有着什么不同寻常的意义，直到安都长到十八岁了，我也没有搞明白那究竟是什么样的意义。我回想起奥蒂斯为一只水煮蛋光火的样子，这回忆是那样地突如其来而又历历在目，就像我对着捕貂笼的时候回想起的那个魔术师的箱子，我能记得奥蒂斯在评价那两颗水煮蛋的火候时说的话，他把蛋从桌上收走，又去重新煮了两个。清早厨房里的餐桌，盛在木碗里的盐，我安闲满足的心情——有时候。星期天。无数个星期天。穿着睡衣的安，她后脑勺上丝绸般光滑的头发成了毛茸茸一团。坐在我怀里的安，小脑袋贴在我的肩膀上。

我奇怪自己怎么会突然间回忆起这一切，我想我一定是快死了。我很快就要死了，所以临死前必须把所有的一切在脑子里重新回放一遍。

我把蛋剥好，切片，铺到黑麦面包上，在上面撒了点黄盐。阿利尔德哗啦哗啦地翻动报纸。也许他就爱吃这种煮过了的蛋。也许他觉得只有讲究的人才吃溏心蛋，才有闲暇去给一只蛋钟上弦，把精力投入到这种无聊的事情上。

我想我也可以是另一个人，一个每天早上吃三个硬邦邦的水煮蛋的人，一边吃一边翻看一份上面没什么坏消息的报纸。直到现在我仍然相信一个人要成为什么样的人和能够成为什么样的人都取决于他自己，这想法让我自己都觉得惊讶。

我把第二颗蛋在桌沿上敲破，剥了吃。然后把第三颗隔着桌子滚到阿利尔德面前，他伸手接住，视线始终没有从报纸上移开。

喝完茶，我伸过手去握了一下他的手。他没有动，脸上浮出一丝淡淡的笑意，没有抬眼看我。他粗糙的掌心上布满了茧子。在我的一生中，我很少会主动去牵别人的手，认识奥蒂斯之前可能有过三四次，后来就再没有过，现在却又不期然地做出了这样的举动，那感觉就像是我在重温一种动作，一种我早已忘记了它有什么样的含义的动作。

我说我得走了。

他头也不抬地说，你在这里是做什么的。

我就住在这儿，在这儿工作，和你一样。我在码头上的酒吧打工，是我哥哥开的，叫"贝壳"。来找我吧，请你喝啤酒。

他缓缓地点了点头，那样子像是他必须先在脑子里翻译一遍才能明白我在说什么。

我在谷仓和房子之间一个没有窗户的房间里穿上鞋，阿利尔德在一边等我；他坐在一张废旧的沙发床上，两手夹在膝间。我猜不透他脑子里在想什么。他吸了口气，说，你想去看下它们吗。

猪吗。

对，猪。

我说，当然。

他说，那好。

我跟着他走进猪舍的过道。阳光透过右侧的窗户照进来，左边是一个个间隔开的小窗和门。我们在其中一扇小窗前站定，阿利尔德按下门旁的开关，霓虹灯隔着玻璃一下子亮了起来；一格一格的栏圈里，几百头猪在装着栅网的地面上，光着身子，眨巴眼睛，挤挤挨挨，跌跌绊绊，有的趴上料槽奋力拱食，有的用身体拼命地撞击铁栏。钢筐在栏圈上方来回晃动。所有的猪都一模一样，奇怪的是它们看起来完全不像是猪，简直太多太多了。几乎所有的猪都在朝我们看，很多已经被剪了尾巴，后背和侧身有抓伤的痕迹，有一头猪独自躺在角落里，短短的四肢直挺挺地伸着，看不出来是活着还是死了。光线让其余的猪兴奋起来，尖叫声越来越激烈，令人心惊。我们俩并排站在那里望着那些猪。过了好一会儿，阿利尔德关掉灯，一言不发地走进谷仓，推开门。

保重，他说。

我把车子推出来,骑上走了。我没有回头,我知道他会转过身去,接着大门会重新合上。

我回来的时候,我哥哥正坐在酒吧门口,里面一个人也没有。突堤上蹲着一排海鸥,正一动不动地朝这边望过来。远处的浅滩上满是泥泞,镜面一样倒映着阴沉的天空。

他在喝咖啡。反正露台已经搭好了,黑板上是写了一半的菜单:

新鲜鲱鱼

冰激凌

螃蟹,无

黑麦[1]

字迹潦草到近乎夸张,看上去就像他原本想写的是另外一些字。他在等我把车放好,我有意避开了他的视线。

他说怎么回事,你上哪去了,我到你住处去接你结果扑了个空,海鲜市场没鱼了,别处也没的卖,库存已经见底了。这鲱鱼不怎么新鲜,一煎就碎。你不在家,敲了半

---

[1] 此处完整内容应为"黑麦面包"。

天也没人应，我还绕到房子后面瞄了一眼，屋里没人。你躲哪去了。

我说，我不喜欢你跑到我房子后面往里看。

他说，为什么不告诉我你去哪了，你看上去简直了。

我说，怎么了，我看上去什么样。

跟疯了似的，我哥哥说。

我说，多操心你店里的事吧，我不想跟你去海鲜市场，我就愿意骑车出去逛怎么了。我四十七了，天气太热我出了点汗，就这么简单。

我从他面前经过，径直往楼上走去。我听到一大群海鸥在我身后飞起来，头也不回地飞走了，像是对我们俩忍无可忍。我站在吧台前系好围裙，把穿在身上的衬衫拽平整，竖起衣领，转过身去背对着酒杯上方的镜面。我忽然想到，那些难以计数的面目模糊的猪，就像是一个词语，你不断重复着重复着，直到这个词的意义彻底消失。我的手腕闻上去有一股淡淡的精液、须后水和氨气的味道。

挥之不去。

*

几周后安在 skype 上呼叫我。她事先没有留言，只是随便试着拨了一下，但她运气不错，那天正巧我也在线。她就这么直接呼了我一次。她上一次发来定位是在十天前，没想到现在已经去到了那么远的地方：北方岛礁之间的一个点，被绿岛环绕着的一片蓝色海洋，就像一个在羊水中的胚胎；显然是在一条船上。我不知道她现在还在不在那里，是不是又动身往别处去了。

她说，妈妈，上回你呼我有什么要紧事吗。

奥蒂斯觉得，孩子唤起你对她的爱然后一走了之，让你独自一人淋着雨，茫然无措地站在原地。他不会承认自己这么说过，但我知道他说过，而且破天荒记得格外清楚。凌晨两点钟，我和他在厨房里喝酒，轮流抽着同一根香烟，那是安离开家的第一个晚上。她把她为数不多的几样东西收好，然后和我们告别。她说了句感谢的话就转身走了。奥蒂斯和我隔着窗户望着她的背影，我们一致认为安走路的姿势很好看，轻松、笔直、自信，稍微带着一点挑衅的意味。接着她拐过街角，消失了，我们俩坐回到厨房里那张一下子显得大了好多的餐桌前，开了一瓶酒；过了一会儿，奥蒂斯忽然开口说了这么一句，但语气里没有辛酸，而更多的是一种诧异。他说，有了安以后他才体会到什么是对另一个人的牵挂、关怀和依赖；他说这些都是安教给他的，现在她走了，让他突然无所适从。他问我知不知道接下来该怎么办。看来他认为我和他一样，是通过安才懂得了什么是怕和爱。我说我得想想。现在我就在这么做。我在认真地想这个问题。

我坐在厨房里上网。一大早我就被一只撞进笼子里的鸟吵醒了，那种扑棱翅膀的声音听上去让人难以忍受；天不亮我就起身到屋后去察看。我想了下要不要打电话向阿利尔德求助，虽然我知道为了一只鸟这么做会让我显得很可笑，但还是决定打给他。我把笼门打开。是只乌鸫。一只乌黑闪亮的鸟，身上有些羽毛在挣扎中脱落了，看上去惊惶不安，它摇摇晃晃地从笼子里跌出来，跳到了一边。等它飞走后我关上了笼门。如果总是有别的动物进到笼子里来的话，捕貂的事就想也别想了。吃过早饭，我坐在房子前面晒了会儿太阳，中午回到房间里打开电脑，帮店里定了些饮料，餐巾纸，蜡烛和桌布。我本该订些海鲜，但是没货了，螃蟹和鲱鱼都没有，要么订晚了，要么是哪里出了差错。淡奶油倒是有货，但店里还有一大堆库存没消耗完，奥蒂斯看了准保会说——"完美"。我哥哥已经昏头涨脑颠三倒四，再这样下去他的酒吧非关张不可，我早晚得另谋出路。

窗户敞着。

咪咪在除草。周一中午，休息日。

安看到我坐在厨房里，身后是一面白墙，她能看到窗外的一小块花园和怒放得让人诧异的锦葵，还有童话般巨大的木贼草，不知道是什么人种的，照料了几个夏天后又离开这里搬去了别处。屏幕那头的安应该能看到不远处的咪咪，她穿着那件绿罩衫，弓着身子推着除草机出现在镜头里，忽而消失。咪咪特别在意打理草坪这件事。她说，这个小地方每家每户的花园之所以都看上去整整齐齐像模像样，是因为其他地方的天气总是阴晴不定，少不了刮风下雨，园子里自然都是杂草。没有雨了，草也不长了。咪咪锲而不舍地推着除草机从干燥的土地上一路碾过。她说如果她不除草的话就再也不会下雨了，就好像除草是种能呼风唤雨的魔法。

安坐在一个类似船舱的地方，旁边是一张折叠桌，她的身后是一张长凳，长凳上方有一个舷窗，外面似乎能隐约看到一些桅杆和帆的影子，光线强烈。也可能她是在一辆房车里，我看到的帆具其实是帐篷的一部分。长凳上躺着一个人，在安的左侧，她肩膀上方，露出来两只穿着袜子的脚，一只搭在另一只上。那地方一定很冷，因为她穿了一件厚实的羊毛衫，袖口已经松了。她的头发短得要命，或许是一周前刚刚剃光的，因为生了虱子。她不好意思地揉搓着自己的耳垂，扮了个孩子气的鬼脸和我打招呼，然后冲我微微一笑。我不得不缴械投降。

她说你有没有梦到过自己，比如你看到街对面站着一个人，而这个人就是你自己。我就做了一个这样的梦，就在昨晚，可以说是个特别让人不安的梦。

安小的时候不喜欢去幼儿园。她不喜欢和别人一组，不喜欢装扮起来过狂欢节，不喜欢吃跟别人一样的东西，不喜欢和别的孩子一起排队去郊游，不喜欢被围在一群孩子中间讲自己周末的时候都做了什么。她从不对任何事物投入感情，除了那只小刺猬，她什么也不在乎，书本图画这些对她来说可有可无。有段时间她身上似乎出现了一些抽动症的征兆，她不停地清嗓子，挤眉弄眼，敲打东西，很让我担心，但后来又都好了。奥蒂斯教她不要相信任何人，只听自己的，不受任何人摆布；他教她除了对可能发生的灾难有所准备之外不抱任何期待；他教她随身带把小刀，并且不时地打磨让它保持尖利；他教怎么她生炉子，煮稀粥，打绳结，怎么往墙上敲一根钉子而不会敲弯。在他看来，安只是偶然降生在一个小孩子围坐在一起听故事，手牵着手去外面郊游，到了下午一张接一张地给曼陀罗涂色的时代。他不赞同让安在这样的环境里长大，但也无力改变现实，只能被迫去顺应。他也的确这么做了：早上，他把柠檬马鞭草茶给她端到床头，晚上是一杯兑了蜂蜜的热牛奶；他给她读故事，接送她上下学，尽管他也承认，有时候小孩子只有经过挫折和伤痛才能得到成长。但他不可能去故意制造伤害，只能安慰自己说，到时候问题自然会解决。安在学校里成绩很差，曾经有个很喜欢她的女老师说，和其他孩子相比安需要更多的空间。有时候安在这位老师的生物课上能取得好成绩，有时候是历史课。她喜欢骑车。她从不收拾房间。她从慈善机构的捐赠箱里拿衣服穿，过两遍水就上身。她很早就学会了抽烟，也抽大麻，毒品似乎没沾过，但究竟有没有就不得而知了。有段时间她听 Monk。她也看书，但会把自己正在看的书藏起来不让我们发现，也不喜欢给我们分享她读的内容，只有那么一次，她读了村上之后问我们是不是也觉得他是个虐待狂。她第一次纹身是十四岁，回到家的时候，小腿内侧多了一道蓝，有三厘米那么长，她说纹这个是为了把某件事铭刻在心，后来上面又多出了灯塔、罗盘和星座的图案。她从不问我和奥蒂斯小时候的事。十八岁时她辍学，离家出走。两个月后回来待了一周，一连七天只是睡觉，洗澡，吃饭，睡觉，接着又失踪了，关于她在外面是怎过的她从没给我们讲过一个字。但那之后她开始不定期地发回定位，好让我们知道她在哪，在这个世界上的哪个角落。我离开奥蒂斯一个人搬出去住的时候她十九岁，她给我们发来一个链接，http://t1p.de/ dxx5，一个忽明忽灭的光点，位置在南部的某个岛屿。她从没问过我为什么从家里搬走，我不确定她是不是问过奥蒂斯他一个人过得好不好。当她还是个孩子的时候，她很粘我哥哥，也就是她的舅舅。他偶尔出现一次，在我们那儿住上两三晚，接着就又去了别的地方，他对安从没有真正在意过，也不会去打扰她，也许正因为这样她才那么喜欢他。他教她用食指和中指比划"V"字，教她说"Never give up"。Never——Give——Up，嗯，不完全对，差不多了，再来一遍：Nevergiveup——没错，这就对了，说的时候别把手往高举，白痴才那样；手心向外摆"V"字，要有气势！

奥蒂斯有时候会问我说，你教过安什么没有。

我说我教会了她懂礼貌。

其余的我只字未提。比如游泳。比如沉默。

我不记得曾经在梦里和自己相遇过。

安身后的那个人从长凳上坐起来，伸了个懒腰，站起身。是一个穿浅色牛仔服的瘦瘦的男孩，浅红色头发。接着他又伸了个懒腰，紧贴着安趴到桌面上，冲着摄像头打了个哈欠。他有一双苦艾酒颜色的危险的绿眼睛，牙齿和尼克一样参差不齐。

他摆了摆手说，嗨。

这是贾普，安说。

贾普从镜头里消失了，背景里传来一声响动。门开了，有人在说话，嘤嘤嗡嗡，听不清楚在说什么，镜头似乎晃了一晃。外面的光线把舷窗照得像一粒明晃晃的谷壳。镜头里贾普的一只手伸过来，把一杯冒着热气的饮料放在键盘旁边，安轻轻摸了下他的胳膊。她正在桌上的一堆东西里翻找着什么，向前探出的身体填满了整个屏幕，接着她倒退回去，往桌下一钻，很快又直起身来。

是一小片纸。

她把纸片拿到镜头前，捻了根烟出来，把裹在里面的烟叶弹弹紧，大模大样地用火柴点上。

我说，你一天抽多少。

十根。

你在哪呢，你们现在在哪。

嗯，在往北方去的路上，东北方向，一路向北。

说着扮了个鬼脸。她不想告诉我具体的路线，怕我会对她说出"回家吧"这三个字。她像是在被迫进行一场抵抗，为了阻止我说出这句话。但我什么也没说，我只顾一味注视和欣赏她，忘了别的。

她说，萨沙舅舅给我发来一张他新女友尼克的照片。

我没想到我哥哥竟然还会和安谈起尼克，他显然比他看上去的还要神志不清。

不是什么新女友，她跟你一样大，是个奇葩，我说。

奇葩，安说，好吧妈妈。

她对着茶杯吹了口气，小心地呷了一口，把杯子放回到桌上。我注意到她想打哈欠但是忍住了，接着很礼貌地问了一句，你刚才在干吗。

我在网购，订些店里用的东西，萨沙舅舅一门心思全在那个奇葩女人身上，没工夫管这些；我今天休息，待会儿去游泳。

安的视线越过摄像头向舱门的方向望去，船舱晃动得很明显。如果是房车的话也可能会晃动，我说不好自己希望看到安在哪里，是停在帐篷营地边上的一辆房车里，还是北方海域的一条船上，也不清楚她正在做一次什么样的旅行，要去往一个什么样的目的地。她皱了皱眉头，转过脸来。舷窗前面有两个人把一张篷布展开拖走了，消失在视野里。是一张船帆吗。窗玻璃上似乎蒙着一层水汽，或是沙尘。

我说，我只想知道你过得好不好。

我很好，安说。Si claro[1]，别担心，我很好。

她说，萨沙舅舅问我他该怎么办，他问我能不能理解他和尼克之间经历的那些，问我知不知道这是怎么一回事。

什么，我说，他怎么问你这个，你怎么跟他说的。

他这么问有点好笑是吧，安说，他一把年纪倒问起我来了，对了你知道吗，我对他说那没什么特别的，我说你正在经历的东西，还有你对此所做的任何一种解读，都是你自己臆想出来的，它们之所以成立不过是因为你说出来了而已；你觉得自己内心深处有一个图书馆，里面珍藏着这样那样的画面或记忆，是这些东西，是你喜欢或不喜欢某种东西的理由才让你们成为了现在的自己。但这个图书馆是一种想象的产物，萨沙舅舅以为尼克之所以这样一定是有什么原因，我对他说，我觉得是他误会了。

我说，他能明白你的意思吗，我不知道他能不能听明白，我也不太确定自己有没有听明白。

他根本就没在听，安语气和悦地说，他问我但又不听我说；也不是头一回了，不是吗。

---

[1] 西班牙语，意为：是的，没错。

贾普的身影又出现了，他在安身后的长凳上坐了下来。他带了瓶腌洋蓟回来，正慢条斯理地把两根手指伸进玻璃罐里捞来捞去，显然他很赞同安刚才的一番解释。我不清楚他知不知道她是在和她的妈妈说话，是不是听到了我们俩开头说的那些。

我说，你怎么会联想到图书馆的。

贾普和我看过些这方面的东西，在网上。

她闭上眼，有什么出现在我身后的东西吸引了她的注意，她皱了皱眉头。

她心不在焉地说，你觉得人的无意识可以变得清晰起来，就像一个有光线照进去的洞穴。但这个洞穴其实根本就不存在。

她把身子往后一靠，长舒一口气，把抽了一半的烟卷从肩膀上方反手递给身后的贾普。他把捏在手上的腌菜丢回罐子，从她手上接过烟，靠到一边，只在镜头里留下一个模模糊糊的身影。

我对萨沙舅舅说他不会找到答案的，他就是他所是的那个人；他对自己和尼克的故事作了一番演绎，但他的这些理解并不成立，那只是一些痕迹相互叠加的结果。你和他的痕迹。当你们还是孩子的时候留下的痕迹。

星——星，镜头外的贾普得胜般地大喊了一声。就好比是星星，有些星星也不存在了。它们虽然在发光但并不真的存在，人的记忆也是一样。

安朝他转过身去，他伸出一只手把她朝他那边拽过去。她俯下身去说了句什么我没听清，然后重新转向摄像头，面朝着我。

她红着脸说，那女的长什么样，那个尼克。

是个没有牙的孩子，小时候一直被关在箱子里。她不识字，也不会游泳。我不知道该和你说什么，萨沙舅舅为她伤透了脑筋。别的我也不知道了。

安会意地点了点头。

爸爸去看过你吗。

没有，应该没来过吧。我不认为他舍得离开他那间储藏室，但如果你去看他的话他一定很开心，如果你突然回到家，站在门口给他个惊喜的话。

我终于还是说出了这两个字：回家。我本来不想说的，却在不经意间脱口而出。

安打了个大大的哈欠，把羊毛衫的袖子拉下来盖住手腕，用袖子角把桌上的烟丝沫抹掉，接着舔了舔食指，把什么东西从桌面上拂开。回头再说吧，我还有事要做。我们有自己的计划，我现在走不开，你明白我意思么。

我说我恐怕不明白，抱歉。我知道得太少了，没法明白。

我想说，你不记得你小时候了么。下雪天，奥蒂斯把煤桶搬上楼，你手上捏着两块小煤饼，左手一块，右手一块。风在炉膛里呼呼响，你很喜欢这声音。你记得下雪吗。雪是想象、痕迹还是错觉呢，假如换作是我来回忆同样的东西呢，它真的一点意义都没有吗？你小腿上的那道纹身呢，你还记得想用它来提醒自己记住什么吗，还是说你已经全都忘了。我想说，你们也许只有在那儿，在你们现在待的地方，以这样的方式才能这么执着吧，才可以做这样那样的计划而不去考虑那些计划会不会失败，它们确实会失败，生活中的一切几乎都会失败。安，我知道我在说什么。但我当然没有把这些话说出口。

贾普掐灭烟头，重新躺回到长凳上，把套着厚袜子的两只脚架到椅背上。他从裤兜里掏出一个什么东西含在嘴里，用手在上面拨弄起来。

安翻了个白眼，动作轻巧地抖了抖袖子，露出被袖口遮盖的手腕，凑到镜头前说，其实吧贾普这人挺好的，就是吹口簧这个毛病让我有点受不了，我们大家都受不了；我得赶紧让他戒了这玩意儿。

她把身子往一旁挪了挪，露出了原先被她遮挡着的那些：贾普的身影，舷窗和舷窗外一片模糊的世界，还有一张不知从哪突然冒出来的绷着的绳网。从贾普的口簧里吹奏出飘忽不定的音调，刺耳，又迷人。

我说，安。

我很想把她从什么东西那里拉回来，紧紧地抓住不放。

你梦到什么了，你梦到在一个什么地方遇到了自己。

安说，我梦到我站在街对面，马路的另一边，我就站在那儿。我朝我自己望过去，我和我自己互相看着对方。那感觉太怪了。

她伸出食指贴在眼角上，把眼皮撑开，凑上来悄声说，我们得出发了。

她悄声说，那个女的是谁，你身后，在窗子外面的花园里走来走去的那个，她怎么光着。

我说噢，是咪咪。我的奇葩女友，我邻居。你照顾好自己，好好的，回头见，安；回头我再打给你，好吗。

没问题，安干脆地说。回头见妈妈，问爸爸好。

她抬起手来，在自己的手心上连着吻了三次，很郑重地摊开手给我看。

再见，她说。

咪咪站在外面焦枯的草坪上，她居然真的光着身子。

她背对我，赤身裸体站在阳光下一动不动，耷拉着胳膊。她已经把今天的活儿干完了。

和安聊天让我觉得疲惫，很久没有这么累了，我需要马上躺下来休息。我如饥似渴地怀念着自己曾经有过的一切，这怀念压得我无法动弹。安如果知道的话也许会说，我怀念的是一些痕迹。是什么东西的痕迹呢。我关上窗，把房门反锁，躺到床上，闭上眼。我没有睡着，但有那么一刻，脑子里冒出了各种模模糊糊的画面。穿着雪地服的安，毛茸茸的帽兜围边里埋着一张可爱的小脸，两个脸蛋儿冻得通红，圆圆的大眼睛亮晶晶的；一张靠窗放着的床，在一间废旧工厂的办公室里，安出生前奥蒂斯一直住在那儿；一身工装打扮的我哥哥，裸着肩膀在海里游泳的尼克，她头戴一朵莲花，像水中的精灵。接着我听到了敲门声，我翻了个身侧躺着，用被子蒙住头。

晚上我在房子前面坐下来，出来时还拿了一瓶酒和两个杯子。没多久咪咪就来了。她胳膊下夹着一个看上去有些分量的包裹，隔着老远就冲我招手，用一种极其正式的手势。她指了指升到堤坝上的月亮，一个黄黄的，圆圆的月亮，巨大，皎洁。我点点头表示看见了。我们两个肩并肩坐在房子前面的长凳上，几乎不怎么出声。越过田野可以远远望到矗立在地平线上的炼油厂的烟囱，这些烟囱已经有好几个星期没有冒烟了。我们静静地听着知了的鸣唱，那声音像是有无数微小的喷灌正在滋润土壤；夜晚散发着金雀花和被晒得发烫的石头的味道。我们等待着猫头鹰的啼叫，等待着一只又一只鹿大着胆子来到开阔的田野四下活动。我没有问咪咪为什么她大白天光着身子在那里除草，她也没有问我为什么不给邮差开门。我们默不作声。包裹是奥蒂斯从城里寄来的。我不会当着咪咪的面把它拆开，她也知道这一点。

咪咪走了以后，月亮变得只有一点点大，高悬在天空，蛋壳样的白，散发着寒意。河边的草地上雾气弥漫，终于，有四只鹿的身影出现在雾中。我倚在窗口，在漆黑的房间里望着那几头鹿。过了一会儿我拆开包裹，里面有一封信和另外一只小包裹，东西有点沉，用去年的旧报纸包得方方正正，差不多一只鞋盒大小。我把包裹收起来，然后把奥蒂斯写的信带到床上去读。

"亲爱的，我又仔细回想了一下关于新加坡，和那个魔术师的事。当时你不在流水线上，你在第一家工厂的时候是做流水线的，没错，但在第二家工厂做的是别的，当时你负责带人在厂里参观，他们中有工程师、机械制造专家、技术员、大学生、社会学家、劳动法顾问、医生什么的；你带着老板们参观工厂，所以你穿一身类似空姐那样的制服。是他们要求你打扮成那样的，蓝裙子、蓝西装、白衬衫、丝袜，鞋子是从一个舞蹈用品商店里买的，因为便宜。是一双探戈舞鞋。你穿着探戈舞鞋穿过工厂，鞋跟在地板革上留下一道道划痕，有点尴尬。中午你和那些人一起去食堂吃饭。你们坐在领班专用的餐桌和女工们的餐桌中间，不偏不倚就在那中间。你既不是领班也不是女工，这种处境同样有点尴尬。你戴着珍珠耳环，涂了口红。当时你已经不住在加油站旁边的单人公寓里了，你住的是一套两室的房子，在一栋老宅子的二层。房子没有阳台，只有一个凸肚窗，你把床挪到了靠窗的位置。那个老男人和你说话的时候你正穿着那套空姐制服在超市里买肉桂味的口香糖和矿泉水。是他先搭讪你的，因为你身上那套制服。你看上去很像他的助手，如果他有过助手的话。在超市里的时候他一直在观察你，后来特意在外面等你出来。在超市里的时候他已经注意到你了；他看上去有点不太正常。"

我蜷腿坐在床上，背靠两只枕头，膝盖上放着信纸。

信一共三页，正反面都写了字。读完第一页我犹豫了，拿不准要不要再翻过去读第二页，第三页。我把它放在那里没动，过了一会儿才又翻过来。

"不上班的时候，你吃过早饭会去睡个回笼觉。然后你起床，喝咖啡，吃一个白煮蛋，一片黄油吐司，接着马上就困得抬不起头来，恨不得立刻回到床上躺着。你简直不知道该怎么消磨时间。一向如此。你读不进书，也散不了步，没法和任何人约着喝杯啤酒，也没法去博物馆或电影院，更不可能另外去给自己找份工作。这些你都做不了。偶尔你会打电话给你哥哥，但接通了又不知道该说些什么。有时你会去露天浴场游上半小时泳，但大多数时候只是回到床上继续睡，一直睡到天黑。你求工厂的人多给你安排些事做，但他们不同意，说必须给你放两天假。于是你就去看了医生，医生说，你还年轻，你正在蜕去旧的壳，长出一层新的来，这是需要力量的，你还记得吗。你记不记得那会儿你打电话给你妈妈，在遇到那个魔术师之后你打电话给你妈妈，问她你该怎么办，要不要去新加坡，要不要把租住的房子退掉，收拾东西一走了之；你问她那个魔术师的话可不可信。如果你问我是怎么知道这一切的，那么我可以告诉你，因为你给我讲过。这些都是你亲口告诉我的。吻你。你的奥蒂斯。"

我把那几页信纸放在身侧,关上灯,一动不动地躺着。天花板上浮现出植物的暗影。我深深地吸了一口气又呼出来,耳边是飞蛾扑打着翅膀在窗玻璃上乱撞的声音。此时此刻,我很想躺在奥蒂斯身边。我会对他说,简直太难以置信了,奥蒂斯,这都是你编的。你说过的话几乎没有一句是真的。

*

我哥哥和我都没有家门钥匙,当我们两个还没长大,还是孩子的时候。别的小孩脖子上都挂着家门钥匙,除了我们俩。我知道我从没像渴望拥有一把挂在自己脖子上的家门钥匙那样渴望过别的东西。

我们放学回来的时候妈妈都在家,如果不在的话我们就只能在门外等她回来。我们不可以出去溜达,必须守在家门口等她回来。这是约定好的。

有段时间我们住在城里一栋出租房的二楼。楼梯间很潮,台阶湿滑,上面铺着磨旧了的绿色地板革,墙上刷着油漆。走廊里光线昏暗,亮上两分钟后廊灯就自动熄灭。我们坐在家门口的楼梯平台上等她回来。有时候我哥哥放学比我早，等我上楼的时候他已经在那儿了。有时候我一个人坐在那儿，他比我晚些回来。从外表上一眼就能看出他比我大，那时他个子已经很高了；每次我站到他面前他都会背过身去。

有时候我们一等就是好几个钟头。楼上的邻居和去别人家做客的陌生人从我们旁边经过，上到三楼或四楼。等他们下来的时候，我们俩还是一动不动地坐在紧闭的家门前。有时会有邻居叫我们去他们家里等，我们只能拒绝。我记不清我们俩是不是互相说过很多话，我和我哥哥。我们坐在那里，像是彼此根本不认识，像是对方完全不存在。有时候他会掏出作业本在上面写写画画，过一会儿又重新合上，有时候我会翻开书读上一页。但总是过不了一会儿就得起身去把走廊里那个该死的灯按亮，让人好不耐烦。最后我们俩只好百无聊赖地坐在那儿，坐着坐着就睡着了。我敢肯定那时我们俩经常那样坐着睡着，两只手抱住膝盖，脑袋耷拉下来抵在膝盖上，背靠着墙，或者楼梯扶手。

我们飘浮着。在那种所谓记忆的痕迹里，我和我哥哥在被高大的墙围起来的楼梯平台上，在一扇扇漆成深褐色的紧闭着的门和门之间，在昏暗的光线里，飘浮。

不知道什么时候我们的妈妈回来了。我们听出是她的脚步声，连忙从地上站起来，背起书包。我们揉揉眼睛，抖一抖坐得发麻的腿。她偶尔很晚才回来，我记得有时候是半夜，还有的时候门会忽然打开，她看也不看我们，只是草草摆下手示意我们进去。其实之前的几小时里她一直在家，也知道我们正坐在门外等她，但她就让我们坐在那里等着，直到她认为时间到了为止。她从不开口说话，只是用手势示意我们进屋，有时是动一动头。

我不清楚我们的妈妈那时在做什么。她出去的时候也好，把我们俩关在门外独自待在屋里的时候也好，我都不清楚她在做什么。她从没有跟我们解释过，也没有说过任何道歉的话。她需要一个人待着，需要一个自己的空间，一种自得其乐的状态。很难想象我会对这样一个母亲讲起魔术师的事。关于他的箱子，蓝色的金属纸，还有星星。很难想象我曾经问过她那个人是不是可信，我是该走还是留下来。

我问我哥哥。
我说你还记得我们坐在楼梯上等妈妈回来吗，我们俩不得不坐在那里等她回来，因为她不让我们去别的地方，我们只能待在那儿等着，有时候直到外面天亮了她才回来。

我哥哥侧过脸来看了我一眼，浓密的眉毛往上一挑，他觉得这问题很奇怪。

他说，对啊记得。

他咳嗽了一声，说，噢，我记得那个楼梯间；你坐在比我高一级的台阶上，本来应该反过来才对。

为什么，我问。

因为我比你大啊。

他说，楼梯间的窗玻璃上面是花的图案，用铅条掐出来的百合形状。有一朵掉了，不知道谁往里面塞了个芥末罐盖子；那窟窿不大不小刚好塞得下。我还研究了一阵子。你为什么问起这个。

我说，没什么，随口问问。

我哥哥漫不经心地说，这些我都记得，记得一清二楚，丝毫不差。就好像那不是五十年前的事，而是昨天才发生的。

我说我就不能这么肯定。

我犹豫了片刻，最后还是开口了。既然你什么都记得那么清楚，那你一定记得有次我差点去了新加坡的事。你一定记得那个魔术师吧。当时我在工厂上班，住的地方就在加油站边上。

像是芬兰电影里的那种房子,我哥哥说。你坐在阳台上抽烟,就像一部芬兰电影里的女孩。

他说得没错,就是那样的。我就像一个在火柴厂里干活儿的年轻女人那样抽着烟:她一头金发,一言不发,坐在一个房间里,房间中央摆着一张台球案,除此以外空空荡荡。在逆光中,从她的香烟上升腾出来的烟雾仿佛镀银了一般。我哥哥居然把我比作这个姑娘,太动人了。

我也差点去了新加坡,他说。那时候。和克里斯一起,要么就是和马里奥,或者斯汀,要么就是那个长着兔唇的波兰妞;等一下,让我想想——玛丽亚,阿格涅茨卡……老天爷,和我一起差点去了新加坡的那姑娘叫南,是个空姐,腿型是很性感那种,看上去就像是大腿中间夹着个柴火块儿。这我还记得,但差点就想不起来了;什么魔术师,我不记得有什么魔术师。

他把啤酒瓶举在手里说,干杯,毕娅。塔比娅。塔尼娅。我所有交往过的女人,最后汇成了一个尼克。

说这番话的时候我们在咪咪那里。在咪咪的花园里,花园里的桌子前。夜晚忽然一下子被拉长了,空气中充满了盛夏的味道,一种躁动不安的气息。燕子在田野边上盘旋，像一些疾速坠落的箭簇。最后的罂粟花已经谢了，油菜田被烈日晒得焦枯一片。让人意想不到的是我们几个竟然围坐一处，咪咪，阿利尔德，我哥哥，我，还有尼克。这会儿尼克正在坡地下面的河岸边打电话。咪咪给桌子铺了一张防水台布，上面印着世界地图。有大陆和海洋，南北极，比例失真，美洲看上去只有一点点，非洲成了最大的一块，西班牙占据了本该是意大利的位置，挪威紧靠着加拿大。但无论如何地图上还是能看到几处海洋，赭石色的荒原，蓝色的海水。咪咪和我喝白葡萄酒，我的杯子搁在一块代表着新西兰的皱起的陆地上，咪咪的杯子立在纽约旁边。阿利尔德喝的是啤酒，他把瓶子握在手里喝着，但没和我哥哥碰杯。

那个魔术师是怎么回事，咪咪说。为什么去新加坡。你们的妈妈是怎么回事，老天，你们到底在说什么呢。

我哥哥是和尼克一块儿来的，他们想让咪咪看一下尼克画的画。我哥哥本来并不想和咪咪见面，他有点畏惧，怕她隔着桌子伸手过来抓他，没准还会把他一口吞掉。但和尼克单独待在一起让他心力交瘁，每晚和她在厨房里伴着乡村音乐打 Skip-Bo 让他腻烦透了，他必须出来到人多的地方透透气，但除了来找咪咪和我以外他没什么别的选择。

阿利尔德是来帮我给笼子换饵的。他是为了这个才来的,他说。他只字未提他关上笼子,发现里面空着的事,他往笼子里放了些新鲜饵料,把夹子支好,在我的浴室里一丝不苟地洗了手,然后对我说,咱们一起去咪咪那儿吧,可以一起喝点啤酒什么的,可以吗。为什么不呢。

尼克来是想找我帮忙。我原本以为她是想跟我聊一聊我哥哥的事,但她其实是来找我帮她画眼线的。我在花园的那张桌子前就着黄昏的光线帮她画起眼线来,咪咪在边上目不转睛紧盯着我的一举一动,我哥哥在努力克制情绪,阿利尔德在一旁不动声色地观察着眼前的一切。尼克几乎紧贴在我身上,她双眼紧闭,脸上的表情像教皇一般严肃,那张脸在我眼前纤毫毕现:涂过粉底的皮肤上粗糙的毛孔,刷过的睫毛,瘦削但歪斜的鼻梁;她身上散发出广藿香和猫的味道。左侧的眼线画得很完美,画到右侧某个地方时我手抖了一下,有些糊了;直到画完我才想起上次我们三个按尼克的玩法一起打 Skip-Bo 的时候,她的眼线画得很完美。我被她骗了。

我哥哥带了一册硬皮本来,里面是他收集的尼克的画。他给她买了粗细不同的彩笔、颜料盒、素描本、画笔、不同硬度的铅笔、橡皮擦、卷笔刀,凡是可能用到的他都想到了。下班后她会到他那里，有时像是迁就他似的往纸上随意涂点什么，然后把铅笔含在嘴里，在纸的左下角安上一个引人深思的难以辨认的签名。我哥哥把她的每一张画都仔仔细细收了起来。他把那个硬皮本放在咪咪面前，想听听她的看法。

咪咪用她圆润而厚实的手掌拍了拍本子，仿佛那是一头奶牛的侧身。我能回想起很多东西，她语气欢快地说，有些东西被我丢掉了，我也知道我失去了它们，作为一种替代，另外一些完全不同的事物浮现出来，气味，光线；比如我们小时候站在路边等校车时看到的冬日清晨六点钟的光线，像是一道银线，被织进一块浸透了黑墨的布。对么，阿利尔德。

她抬起头，望着阿利尔德笑了笑。阿利尔德面无表情，一动不动站在那里。但咪咪仍旧微笑着，打开硬皮本，把尼克的画一张张拿出来看；正在跳动的心脏，用水彩画的太阳。一棵图标似的树。一颗星星。一道彩虹。一个黄颜色的方块。

她把一张纸举到眼前，上面画着一颗心，心上长着一个什么。

她说，是牙吧。如果我没搞错的话应该是牙，一颗长着牙齿的心。

阿利尔德略略往前探了探，对着那颗心仔细观察了一番，但什么也没说。

我哥哥和我交换了一下眼神。

咪咪说，也许这画的不是心，更像是屁股，一个肥大的女人屁股，上面长了牙齿或是类似爪子那样的东西，我说不清楚这究竟意味着什么。

我哥哥说，是啊，但是画得不错。

不，画得并不好，咪咪生气地说，你爱怎么看怎么看吧，反正它什么也不是，也没有任何涵义，我不明白你怎么能把这种东西当真。

我必须当真，我哥哥说，这是我的责任。我怎么能不当真呢，否则就只剩我一个人活在这世界上了。

就好像你是孤零零地活在世界上似的，咪咪说，孤独得像个星球那样。

她猛地拔开瓶塞，给自己重新倒了杯酒，眯起眼睛盯着我哥哥看了起来，我不确定他在她眼里到底什么样。她曾经喜欢过这样一个人，现在她回头来看又会作何感想。我很好奇她是不是觉得羞辱，或者气愤，也许二者都有。

她说，你说得就好像全世界只剩你和尼克了。但事实上你周围还有别的东西，睁开眼睛看看其他的吧，你有责任这么做。

啊，我哥哥说，对什么的责任？拉长的声调里满是诧异。

老天，咪咪说着翻了个白眼。对什么呢，也许是对一切的一切吧。我们正在一天天地衰败下去你明白吗。我们要窒息了，我们会饿死、渴死。

你这话什么意思，我哥哥说。你指的是鲸鱼吗，还是垃圾、昆虫，还是什么别的，你是不是在说阿利尔德那一千五百头猪。

阿利尔德没有反应。他朝尼克望过去，她正在花园里靠河的地方，踩着她的恨天高，高一脚低一脚地穿过草地，像只幽灵般的白鹭。她穿着一件类似内衣那样的东西，一件紫色的缎面吊带睡裙。伸展开的手臂和腿很长，很白，上面没有纹身；头发用一堆小发卡别成一座"塔"，看上去像是头上顶着一大团涂了黑漆的棉花糖。一个惨白的夏日幽灵。她在打电话，或是装作在打电话，一副兴高采烈的样子，姿态优雅，动作夸张，整个人看上去很亢奋，又显得有些孩子气。我不知道阿利尔德怎么想，会不会觉得她很有魅力，或是觉得怪异。

也许吧，咪咪说。没错，或许我指的就是这个。和你谈这个真是无聊。我是说你们所有人，我们大家，包括我在内。

这个话题本身就很无聊，我哥哥说，你不用说了，我当然明白你在说什么，垃圾啊，鲸鱼、昆虫这些；我之所以保存尼克的画就是因为我们正在一天天地衰败。

然后呢，咪咪说，就万事大吉了是吧。

阿利尔德打了个哈欠。他两手撑在桌面上，身子往前一探，目不斜视地说，我再去拿瓶啤酒，谁还要。

我再来一瓶，我哥哥说。

阿利尔德站起身，走到纱门前的时候朝我们转过身，眺望着远处平坦的黄色原野，心不在焉地伸了个懒腰。在上滑的 T 恤下面，我看到了他裸露的肚皮，一道颜色深一些的皮肤，在耻骨上端的部位。接着他消失在房子里。因为怕引来蛾子，他一进去就熄了灯。门合上的瞬间，从屋里飘出一股松节油的香气，那么清晰，仿佛看得到这气味的颜色；我不由得怀疑阿利尔德放到笼子里的那份掺了荷尔蒙的饵料也会对人起作用。我哥哥在桌子下面偷偷踩了我一脚，他想和我暗自交换一下眼神，以此吐露对这些人心照不宣的评价。他想不到我和阿利尔德之间有什么关系，阿利尔德来咪咪这里和去我那里这二者间有什么关系。我哥哥做梦也不会想到我和这个养猪的农民有一腿。有时候我觉得他很可能想不到我会和什么人发生关系。我把脚缩了回去。阿利尔德回来了，拿来两瓶啤酒和一瓶葡萄酒；他走路的样子令我着迷：肩膀高耸，两腿撇得很开，目光低垂，一个执拗又迷人的男人，似乎有一种坚实的力量凝聚在他的胸脯和上臂。他把挡在他前面的我完全看不见的什么东西推到了一旁。

他坐下来，把椅子挪到一边，和我们拉开一段显而易见的距离，接着用牙咬开瓶盖呷了一口，没向任何人作碰杯的表示。

阿利尔德，咪咪一面说，一面和着他名字里的两个音节用手在桌上敲了敲。是她先把这个话题挑起来的，显然她不想这么快就把它抛到一边。你那一千五百头猪呢，你对养猪这件事有什么样的设想。

我希望它们是在青草地上放养的，阿利尔德说。

啊，什么，咪咪说，那你想通过什么来实现这一点呢。

用不着去实现，阿利尔德说，你不是问我说有什么样的设想吗，要么就是我理解错了。我们俩在鸡同鸭讲。

我哥哥说，这就是我想说的，我就是这个意思。

但阿利尔德摆了摆手，语气淡然地说，我想要的不过是一种平静的生活，仅此而已。别的我都不关心。

天色渐暗，咪咪把几只风灯挂到树篱上，插上蜡烛一个接一个地点亮。空气纹丝不动,树篱上挂满了橘色的月亮。到上面来,我哥哥朝尼克喊了一声;尼克走过来,手里拿着刚才打电话时随手扯下来的一把野草,沼泽上的杂草,欧蓍,野蓟。她把那束草丢到咪咪旁边的草地上,把身上的睡裙抚平,拢了拢头发,对我哥哥递上去的打火机视而不见,俯下身就着风灯点烟,却被瞬间窜起的火苗吓得一缩,脑袋像鸟似的耷拉下来。笼罩在田野上的天空正在变暗,上面有一抹发亮的珊瑚红。胡蜂在夜色中嗡鸣着扑向风灯,远处传来收割机的响声,这声音让阿利尔德烦躁不安。我们需要什么,又能放弃什么。我忽然想到,我们就像是卫星在绕着各自的太阳旋转,每个人都有他自己的太阳。我的太阳是安。奥蒂斯和安。

咪咪说,给你们看看我的收获,就在工具棚里。

我们站起身,一起向工具棚走去。棚子里面空间很小,所以咪咪在外墙上也钉了很多钉子,上面挂着各种东西:耙子、叉子、盘成圈的软管、轮子、园艺剪,让这棚子多了几分童话色彩,在夜幕下仿佛某个原始部落的图腾圣地。我哥哥紧跟在我身后;我知道他对咪咪的作品没什么兴趣。一方面想知道咪咪对尼克的画作何评价,一方面却又看不上咪咪创作的东西,真是厚颜无耻。我不知道该怎么让他明白这一点,我猜他永远不会明白。

棚子是锁上的，就好像里面关着一个从外面捕来的活物，随时有可能逃走。钥匙就挂在门旁的钉子上，老大一把，像剧院大门的钥匙。她把钥匙举在手里给我们看了一下，然后打开门，拧亮灯，侧身闪到一边。

画布立在一张椅子上，周围被清空了，没什么杂物。棚顶垂下一只吊灯，灯光微弱近于晦暗，几乎看不清东西。潮水的冲刷把一个很小的什么东西印在画布上，留下一道划痕，那东西像个小小的身体，短短的四肢，细长的脑袋。只是一个轮廓，一个剪影，可以是任何东西。

咪咪说，只是个影子。

我哥哥瞪大眼睛，问是什么影子。他什么也不懂。他对咪咪的创作一窍不通。

显然是条鳄鱼，尼克说，如果你们要问我的话，那就是条小鳄鱼，再明显不过了。

老天，阿利尔德松了口气说，我还以为是头猪呢。

既不是猪也不是鳄鱼，咪咪说着捅了捅我。

我耸了耸肩。

咪咪咂着嘴摇了摇头。

她说，如果你仔细想一下的话，也许能想到点什么。

午夜的时候，她从屋里取来收音机放在桌上，把频道调到海上气象预报。啤酒喝完了，阿利尔德和我哥哥像喝水一样喝着白葡萄酒。尼克什么也没喝。我们静静地听着播音员的播报，平稳而令人昏昏入睡的播报风格，一支大海摇篮曲，仿佛这个世界上的海都是纸做的，可以被驯服，是一种想象出来的东西。

低压1103百帕位于奥兰群岛，缓慢向东南方向移动，外围低压1010百帕位于东海以南，正向东南偏转，高压1021百帕位于英格兰，稳定少动，高压脊1018百帕位于设得兰群岛，正在减弱。冰岛低压外围低压1015百帕位于赫布里底群岛，缓慢向东南偏转。多格滩，微风。菲舍尔海域，偏西风，斯卡格拉克海域，浪高1米，丹尼斯海峡，3到4级风，自北向西北方向逐渐减弱。尼克脱掉高跟鞋，头枕在我哥哥怀里，模仿着播音员的声调。

东北部，东——，东——，北。

阿利尔德把一只手放在我膝盖上，我做不到把手放在他手上，于是他又把手抽了回去，留下一阵短暂的湿漉漉的余温。安今早给我发来了她的位置，我犹豫了一下但还是点开了，此刻的她是夜一样深的蓝色海洋上渺茫的一点，她上路了。

每次一听到海上天气预报我就有种想家的感觉，咪咪说，心都要碎了。

八月初的夜晚，下班后我有好几次骑着车从收割完后正在翻耕的农田边经过，那是阿利尔德的地。我把车停在沟渠边，穿过田野朝他奔去，他停下拖拉机等我靠近，然后像开车门那样推开驾驶室的门，我爬上去，坐到旁边的加座上；驾驶室里暖烘烘的，空间很挤，我把脚缩到座位上，打开从"贝壳"带来的两瓶啤酒，递一瓶给阿利尔德。犁铧吃力地从粉尘飞扬的干燥的土地上缓缓耙过，我们身后腾起一团白烟，遮没了太阳。目之所及不见一只海鸥，坝顶上，一字排开的羊群涌动着，朝着一个叵测的目标。发动机震耳欲聋，让人没法说话，我既没什么要告诉阿利尔德，也没什么想要问他的。他的身上散发出一股汗味，蓝T恤灰扑扑的，满脸脏污，头发里嵌着糠皮。发际线下边的那块皮肤的色泽比晒黑的后颈和胳膊要浅一些，看上去脆弱而又羞怯。我其实可以靠在他身上，我也很想靠在他身上，但我没有那么做。有几次奥诺开车经过，他沿着田野一路开到沟渠边，再开回来，停下车，把车灯调成远光对着田野，然后从车里出来，站在那里看我们犁地。我们俩向他招招手，他也挥手回应，就好像我和阿利尔德两个人单独坐在拖拉机的驾驶室里是件再正常不过的事。站在路边的奥诺像是一幅剪影，映衬着收割后的田野。公路像一条河，奥诺是河上的船夫。

这是他的地，阿利尔德隔着发动机的轰鸣大声说，全都是他的，我只负责犁地，但地是他的，是他从他父亲那里继承下来的，就这么一代代传下来。

我一般会陪着他来来回回犁上三遍，很少有超过三遍的时候。每次啤酒喝完了他就停下拖拉机让我下来。

我对他说晚安，别太晚了。

他说好，看情况。

他从不留我，我也从不问他要不要我留下来陪他。我推着车子回到公路上，跟奥诺握握手，骑车离开。

*

月亮圆了又缺，升起，落下。安姆珂要过生日了。咪咪叫我一起去，她觉得我该到人多的地方待一待。

我说整个夏天我都一直待在人多的地方，可咪咪说，现在夏天快过完了，秋天就要来了，接着是冬天，到时候"贝壳"就关门歇业了。世事无常。你要继续待在这儿吗，还是打算搬到别的地方去。

我没有正面回答，只是摊开手掌，叉开手指。

咪咪叹了口气。好吧，到时候再说。但无论如何，如果你留在这儿，你会感到一种从没有过的孤独，孤独得超乎你的想象。我们俩可以互相依靠。

她把两只手搭在我的肩头，轻轻摇了摇我。那种日子会很寂寞，她说，同样是寂寞，有的人会很享受，有的人则会发疯。那种滋味并不好受，相信我。

咪咪，我说，我相信你，毕竟我已经在这里度过了一个冬天。

安姆珂要八十二岁了。她打算在家里办生日宴会。咪咪和阿利尔德试图阻止她这么做，他们想在餐厅里给她庆生，订间包房，一餐饭就能搞定；但安姆珂坚持要在家里宴客，说这是她的生日，她想怎么过就怎么过。

宴会定在上午十一点举行。一大群客人如约而至：牧师，地方议会的议员，海岸救生队的人，村里的农民。她们为客人备了茶，黄油夹心蛋糕，中午是汤，下午是茶和烈酒，晚上有啤酒、黑麦面包和蟹肉，天知道安姆珂哪里搞来的蟹。

咪咪说，你几点来都行，来了坐在那里当客人就好，千万别去张罗洗杯子。

直到下午很晚的时候我才忙完，然后让我哥哥一个人留在店里盯着。咪咪说得对，夏天过去了，随着月亮一天天的盈亏变幻，寒意也悄然而至。游客明显少了许多，而且和以往的游客不同，这些人更多地止于观望，他们从酒吧门口经过，往里瞅一眼，随口问几句，最后还是扭头走了。还有一些人常常发动机不熄火停在码头上，一停就是半小时，一边朝"贝壳"这边望过来，半小时后，踩在刹车上的脚一松，开走了。他们简直让我哥哥抓狂。蛋糕只能卖掉四分之一，我们俩常常一整天无所事事，这让他有了大把时间来发表他关于尼克的那些千篇一律的独白，而我则尽量避开他。我拿了本书坐到靠窗的桌子前。窗外，从海里拖上来的三三两两的摩托艇被装到拖车上拉走。我哥哥坐到我旁边，我捧起书挡在脸前。

十一种孤独，我哥哥念道。

我说对，理查德·耶茨[1]的。

我说，马上四点了，我四点走。

我哥哥说，四点半涌进来一堆人也说不定。

其实他和我一样清楚这是不可能的。

他说，我们多半得关门了。

---

[1] Richard Yates（1926—1992），美国小说家，代表作有《革命之路》《复活节游行》等，短篇小说集《十一种孤独》被誉为"纽约的《都柏林人》"。

我说是啊,也许。

你上哪儿去。

安姆珂和奥诺那儿。

我哥哥扬起眉毛,撇了撇嘴。

我把书放到一边,起身解下围裙,对着酒杯上方的镜面理了理头发。因为要去给咪咪的妈妈过生日,我感觉自己像个小孩那样满怀期待。我哥哥从裤兜里掏出手机,打开又关上。他没收到短信。

他说,一帮自以为是的家伙。

我说你也一样。

他说是啊,不过也许我会离开这儿,然后和尼克一起去环游世界。

我说,你和尼克一起到过海边吗?你和她一起出去吃过饭吗?一起看过电影吗?就从这些开始吧。

我哥哥呆呆地望着我,一个字也说不出来。他没刮胡子,瘦得脱了相,两颊塌陷,他完蛋了。

我说,环游世界怕是晚了点。

他说,是吧,是吗?

安姆珂家门前停满了车。阿利尔德的车也在其中。我把脚踏车停在车库边上。咪咪正站在敞开的门前迎接来客，她穿一条浅紫色齐膝长裙，腰间系着饰带，脖子上戴了一条粗大的琥珀项链，那些金黄色的珠子栖伏在她的胸脯上，让她看起来像是一位雍容华贵的公爵夫人。她拍着手，老远就开始招呼我。

快进屋！真高兴你能来。

安姆珂把辫子扎起来盘在头顶，一副节日装扮。今天她的眼睛眯得比阿利尔德还小，目光中带着一层审视的意味，态度矜持。她专门为我在筵席上安排了一个位置，紧挨着阿利尔德。桌上还放着一张小卡片，上面写着我们俩的名字，名字周围点缀着樱桃花的图案；咪咪说，这是安姆珂自己画的，没让我插手。

阿利尔德往旁边挪了挪，略略欠了欠身，如果他内心里对座位的安排很满意的话，可以说他掩饰得相当成功。他一身黑西装，看上去像一位盛装华服的新郎，这身打扮让他有点局促，我也是。奥诺坐在我们对面。他的态度显然比阿利尔德更亲切，几乎显得兴致盎然，他是个性情温和的人。他时不时地伸手去摸戴在左耳上的助听器，拨弄一下上面那个小轮子，我猜他是在关助听器，当他觉得太吵的时候就把它关掉。

他隔着桌子向我伸出宽大温暖的手掌。

咪咪的朋友也来了，太好了，他说。

阿利尔德解释说，破天荒头一回，咪咪的朋友，这很不寻常，我们家没有人真正交过什么朋友。

奥诺微笑着表示赞同，仿佛在说这正是他想说的，阿利尔德说得没错。他给我倒了杯烈酒，又给自己倒上一杯，然后举起杯子朝我们眨了眨眼。我听咪咪说，她和阿利尔德十几岁的时候经常去蹦迪，每周五和周六夜里两点半奥诺都会去迪厅接他们回家。她对我说，每当这时候旁边的人就会捅捅她说，你老爹来了，她扭头一看，奥诺就站在舞池边上，背稍稍有点驼，工装裤干净整洁，两只手插在裤兜里微笑着看她。回去的路上，他一面开车一面说，辛苦一趟还是值得的。回了家他立马上床睡觉，两小时后再爬起来去喂猪。

阿利尔德对我说，酒不是非喝不可。

我说我知道。

你饿不饿。

饿了。

他给我盛了满满一盘蟹肉，又把黄油、面包篮、胡椒罐和盐瓶一一推到我面前。

我说谢谢，很抱歉我有点困。

我也一样，用不着道歉，你都累了一天了，他说。

你也是吗。

对,但还没干完,其实我想走了。

可是看样子他没法说走就走,门铃声不断,客人络绎不绝。安姆珂平时一起喝茶聊天的女伴,合唱团的人,同村友邻,安姆珂和奥诺一生中所有的重要节日都是和他们一起庆祝的:丰收节,打谷节,新年,圣灵降临节,复活节。安姆珂不停地吩咐咪咪和阿利尔德做这做那,他们两个都没闲着;不难看出咪咪那种务实而果敢的个性和阿利尔德的固执是从哪来的。安姆珂嘱咐咪咪送姨祖母们上车,阿利尔德跑到地下室去取烈酒和啤酒,咪咪忙着收拾餐桌和重新布置茶点,撤走吃剩的点心,再把柠檬蛋糕摆上桌,蛋糕上装点了血橙和奶油,血橙在奶油的映衬下格外耀眼,有种不真实的感觉。尽管厨房里有洗碗机,安姆珂还是叫咪咪手洗餐具,说洗碗机会把瓷盘上的金线磕坏,那样的话就完蛋了。

我不是跟你说过吗坐着别动,老老实实待在那里看着就好,咪咪对我说。

她指了指血橙说,简直有点色情,你不觉得么。

她站在我旁边,在我的椅背上靠了一会儿就走开了,留下了她身上散发出来的温暖的气息,一股掺杂了棉织品,淀粉,和被风吹干了的衣服的味道。

我坐着没动。奥诺和我坐在那儿,彼此微笑。他两只手一左一右平放在盘子两边，往前探着身子说，你听我说哈，我这辈子还从没遇过像今年这么旱的天气。

我说，但还是下了一点点雨的。

奥诺说，几乎没有，根本算不上下过。根本没有。你能回想起雨点落在沙地上，砸出一个一个的小坑，和下过雨后田野上的味道吗。

我记得下过雨后城里马路上的味道。柏油。灰尘。椴树上开的花。

他摇了摇头，说，我曾经无数次站在雨天的田野里，但还是回想不起那究竟是什么味道，我已经失去了对它的记忆；那个味道我每次一闻就闻得出来，但还是忘了。

他把酒杯推到离自己很远的地方，直言不讳地说，我听说你在住的地方安了个捕貂笼子。

对，是阿利尔德安的。

是阿利尔德安的，他重复了一遍我的话，接着说，不过阿利尔德不是这方面的行家，他是有个夹子，但那不是一回事。他有没有跟你说过，如果不把貂放到足够远的地方的话，它还是会跑回来。

他没说要把貂弄走，他说他会把它宰了。

阿利尔德这么说的？

我和他都忍不住笑起来。一种奇特的、心照不宣的笑。奥诺重新把酒杯移到自己面前，举起杯，眯起一只眼睛往杯里觑。

嗯，还没捉住吗。

我说没，还没有。

也许就在这一瞬恰好落网了。

我们静静地听着，仿佛四公里外，在我悄无声息的花园里，雨篷下的笼子"啪"的一声合上了。

我说，前两天有只乌鸦进了笼子，一开始是只胖猫。

就是这样的，奥诺说，人很少能得到自己想要的东西，你捕获的总是些别的什么，然后你还得考虑该拿它怎么办。

我说我也觉得那只貂已经跑了，根本就不在房子里，已经连着好几个星期夜里一点动静都没有，静悄悄的。

奥诺若有所思地望着我。

好吧，他说。

接着他站起来说，我想我得去躺一会儿，最多一刻钟；我去躺一下，过一会儿就回来，请原谅。

我从阿利尔德放在地下室台阶上的篮子里拿了瓶啤酒，坐到沙发上。咪咪父母的房子温暖又明亮，目之所及处处是图案和色彩，一切都布置得恰到好处。砌着白瓷砖的壁炉前是一张长木凳，上面放着厚厚的针织刺绣靠垫。垂挂在窗前的几只玻璃球上映出堤坝和天空的倒影。象牙白的窗帘。餐桌上方挂着咪咪的作品，一张三米乘两米的大幅油画。画面上是一个丰满的裸体女人在海里游泳，她的身体下方是沉船的残骸和一座没入海底的城市；女人手里拿着一杯红酒，一条鱼咬住了她的左脚，海水呈现出绿玻璃瓶似的色彩，她的身体棱角分明，乳房被海水托起，阴部紧闭但清晰可辨。令人惊讶的是安姆珂和奥诺竟然会把这样一幅画挂在他们的餐桌上方。安姆珂在各个房间穿梭不停，来来回回地从这幅画前面经过，它就像是她的一部分，同时却又自成一体。她正忙着招待客人，和餐厅相连的弧形穿廊里人声喧哗，熙熙攘攘。安姆珂和宾客们一一寒暄，在每位客人身边逗留的时间都在她的精确把控之中。我从人群中认出了尼克打工的那家酒馆的老板、沙滩用品租赁处的女人、港务长，三个人都冷眼望着我，眼光里带着几分好奇，我故意装作没看到。我朝窗外望去，看到阿利尔德正站在屋外的网边抽烟，罩在下面的鸡群在土里刨来啄去。他一只手抱在脑后，用鞋后跟踩灭烟头，接着把烟头从地上捡起来，或许觉出背后有人在注视他的缘故，他转过身来。

咪咪说，你能过来下吗，我父亲出了点状况。

她招了招手，我跟着她来到一个和门厅相邻的狭小房间。奥诺躺在一张贵妃椅上，看上去再正常不过。

咪咪朝他俯下身去。

她说，你还觉得身上麻吗，还晕不晕，爸爸。

我的左胳膊麻了，奥诺说，又像是有数不清的蚂蚁在上面爬，介于两种感觉之间；我一坐起来就晕得慌。他的声音听上去很温和。

咪咪看了我一眼说，我们该怎么办，他这是怎么了。

我说，听上去不太好。

她说，我妈妈会说他是故意的。

她使劲拉了拉身上的饰带，两手往腰间一叉，说，不管她，你在这儿看着，我马上就回来。

我贴着躺椅的边坐下来，奥诺朝我客气地点点头，就好像眼前的状况再自然不过，我也朝他点了点头。靠窗的桌子上方的墙上挂着很多钟表，那种滴答声和我哥哥房子里的并不一样，给人一种精确而又安稳的感觉。其中还有一只专门指示涨潮退潮的钟，一种我闻所未闻的东西。

奥诺说，那是潮钟，用来指示潮汐的。

涨潮两小时后，水位会达到最高点，随后再落下去。这钟实在是太妙了。

我说，你现在感觉还好吧。

奥诺说，还好，还好。

安姆珂拒绝进来和奥诺说话。不出咪咪所料，她认为他是故意的，说他这样是为了故意败坏她的兴致，用一种消极的方式来让别人围着他转，他这辈子一向如此。她表示不想和他说话，无论如何她不想看到家门口停着一辆救护车，在她生日这天。

阿利尔德说，我开车送奥诺去医院，随她怎么说好了。

奥诺似乎没有异议，甚至觉得在妻子生日这天被儿子开车送去医院也没什么不好。他坐起身，直起背，把两只手抬起来，右手按在左手的鱼际上。

我左半边身子麻了，整个左半边。

咪咪跪在她父亲面前的地板上，用鞋拔帮他穿上鞋。

她说，爸爸，别乱讲。

阿利尔德这时已经脱掉西装上衣，换上了一身厚外套。他站在房间门口等咪咪给奥诺穿好鞋。咪咪在鞋带上打了两个结，拉拉紧。

他说，你要一起去吗。

我说，我？

他说，最好你能跟着一起去。

奥诺说，我也这么觉得。

咪咪站起身，膝关节咔地响了一下。她仰起头，望了望奥诺收藏的那些钟表，还有他挂在墙上的照片，他先祖的照片，家族合照，然后长长地出了一口气。也许她没想到会出现这样的局面，这完全在她意料之外。她抬手拽了一下挂在胸前的项链，那些琥珀珠子发出丁零当啷的碰撞声。

她说，就这么办吧，脚踏车你可以明天来取，我帮你停到坡下面。你们走吧。

我们俩一左一右搀扶着奥诺，朝着阿利尔德的车一步步慢慢走过去。所有的客人都齐刷刷地望向我们，那目光不露声色却又显而易见，整个场面鸦雀无声，很显然，在场的人都不明白为什么我会跟着一起去，不明白其中有什么样的含义。

我帮奥诺拉开副驾驶一侧的车门，等他坐进去后，帮他扣好安全带，然后小心翼翼地关上车门。

阿利尔德说，后排座上有针头，给猪扎针用的，你当心别坐上去。

我说，天哪。

我把后排座上的注射器、针头和安瓶推到一边,坐进车里。车子从院子里一路开出去,我们再没有回头。

太阳低垂在黑黢黢的田野上空。几台拖拉机停在沟渠边上,圆滚滚的干草球像是映在薄暮天空里的剪影。风车迟缓而滞重地转动着。阿利尔德清了清喉咙。

他说,对了,这块地是谁的,原先种的什么,爸爸。

听得出来他的紧张。他这么问是想搞清楚奥诺是不是能听懂他的话,神智和口齿是不是清楚,毕竟医院在二十公里开外,或许打电话叫辆救护车才是更明智的做法。

这块地是恩诺的,奥诺平静地说,原来种着亚麻和大麦,现在荒了,我这么觉得。该弄得整饬点。

他指着一群栖落在垄沟里的大雁,侧转过来对我说,埃及雁,太多太多了。

有人觉得多,就会有人会觉得少。就是这样。他说。

阿利尔德朝后视镜里望了一眼,企图和我目光相接。他盯住我不放。咪咪要是看了一定会说,就像抓住什么东西似的,一个能塞进自己口袋里的东西,你觉不觉得。

她会说,那,你喜欢这样吗。

到了医院,他们把奥诺送进卒中急救中心,医护人员在措辞时十分谨慎，说只是让他在这里待上一晚，以便更好地监控他的状况，为了保险起见。

这是一位年轻的印度医生。他在给奥诺做检查的时候神情专注，近乎温柔。对奥诺这样一位长者，对他那布满老年斑的美丽的皮肤，坚挺的骨架，珍珠母般的眼睛，还有他平和的态度，这位医生显然都怀着一种极大的尊重。他认为奥诺是被生日宴会搞得太疲劳了，他的状况只是疲劳所致，不是什么别的问题。他说，你们不用太过担心，把他送到这里来是对的，身边还有儿子儿媳帮助照料，这真好，家庭是最重要的。

阿利尔德没有插话纠正他，我也没有，奥诺就更没有了。他正忙着按照护士和医生的指令做各种动作，伸出手指去碰自己的鼻尖，用目光追随他们的手势，单腿站立，这些他都完成得很好，现在他不觉得晕了，左半边身体也不再麻木。

我饿了，他说。

护士用托盘端来薄荷茶、面包、奶酪和黄油。奥诺抬了抬上面插着输液管的那只手，说，能麻烦你帮我抹下面包吗。

我把黄油涂到面包上，往茶里加糖，搅拌好，把托盘放到他面前，他微微一笑，说了声谢谢。阿利尔德靠在墙上看着我们，两手交叉抱在胸前，就像我第一次见到他时他站在厨房纱门前的样子，脸上没有丝毫笑意。

我们俩一直陪着奥诺，看着他喝完茶，吃完晚饭。阿利尔德打电话告诉咪咪说一切都好，不过奥诺还得在医院留观一晚，明天才能回去。

奥诺用心听着他打电话，一面说，问他们好，让咪咪替我问候大家。

他往阿利尔德的方向偏了偏头，对我说，阿利尔德牙齿不好。这方面基因太差。接触农药太多了，还有猪饲料什么的。他的牙有毛病，这方面你们得多注意。

至于吗爸爸，阿利尔德说。

奥诺说，但这事必须让她知道，得有人来告诉她，你不说那只好我来说了。

他把助听器从耳朵上扯下来，仰面躺倒在床上，两手交叉平放在肚子上，显得很惬意。聚集在窗外那片树丛里的寒鸦立在树枝上，张开斑驳闪亮的翅膀，几片羽毛抖落下来，划过渐渐变浓的暮色。阿利尔德俯身到他父亲的床边，摸了摸他的肩膀，随后我们起身离开。

我们驱车回村子，但那感觉却像我们从别处来，要去往另外一个地方。阿利尔德把车开上大坝，一片羊群在夜色中蓦地闪现，仿佛神话中的月痴兽，在车灯的照射下是那样洁白，赤裸，意味深长，散发着宇宙一般广袤的静谧。一道惨白的闪电划过天际，天空是铅灰和银白的交织。我们在沉默中驱车行进，犹如行走在世界之巅。阿利尔德一边开车一边抽着烟。我把他手里的烟拿过来抽了一口，又重新递给他。

他终于开口说话了。你的房子空着吗，他说。

对，空着。

我以为你那里有客人，有别的什么人住在那儿。

不，没有。

那我跟你一起回去好吗。

好啊。

我们沉默了一会儿。

我的心砰砰直跳。

接着我说，那些猪自己待着没事吧，你养的那一千头猪。

你知道吗，阿利尔德说，有时候就因为你按部就班地过日子太久了，以至于都没人发现你其实已经变了方向。

他说，是九百零七头。嗯，没事，只一晚。猪对时间的感受和人不一样。它们对时间没什么感觉我猜。

两周后我再次见到了那位印度医生，黄昏时分，在病理解剖部停尸间外边的走廊上。他还记得我。他说您的公公怎么样了，我说他很好，确实是因为宴会的关系情绪有点激动，那天来了好多客人，太过忙乱和紧张了。他笑着点了点头说，您的公公精神很好，活到一百岁不成问题，老人家身体很硬朗。

他说，您的公公就像一棵树。

我说，这家医院的医护看上去似乎不很多，为什么会这样。

他说，对，不是很多。医院的位置比较偏僻，这里的冬天又很长，一到晚上漆黑一片，很少有人愿意来这里工作。

我说，您的家离这儿有多远，您是哪里人。

他说，我来自加尔各答。

我们并排站着，彼此能听到对方的呼吸，我甚至听得到他喉咙里的吞咽声。天花板上的氖光灯管发出兹兹拉拉的声响，像是昆虫在摩擦翅膀。我能听到我们头顶上方管道里汩汩的水流声，还有血液在我身体里流淌的声音。

他说,您准备好了吗。

我说,是的。

他推开那扇大门,打开灯,先我一步进入房间,我几乎紧贴在他身后跟了进去。他沿着左手边一排巨大的抽屉格子一路检视,嘴里默念着标在上面的数字,时不时地用手指在某个格子上轻敲两下,最后在其中一个格子前站定,没有多作停顿便一把拉开,将整个抽屉完全暴露出来,随后掀开盖在尸体上的布单。

尼克仰面躺在上面,手臂伸展,手心朝上袒露着,空洞而柔软。她的胳臂完好无损,只有手腕上有一道青紫色,大概是绳子留下的勒痕。指甲全部断裂。身上有碾压造成的外伤,车辆从她身上碾过时,底盘剐开了她的腹部和胸部,轧断了肋骨笼,一切迹象表明她很可能当场就死了,尸检结果显示死亡原因为窒息,时间在晚七点到九点之间。我哥哥是在拖车营前面的那条公路上发现她的,当时她已经死了至少两个小时。我哥哥从车里钻出来的时候,一群海狸鼠从她身边仓惶四散。她的脸完好无损,没有上妆,惨白而美丽,双眼紧闭,淡淡的睫毛很浓密,没有牙齿的嘴塌瘪着,脸型修长,一张文艺复兴时期的脸。湿漉漉的头发很平滑,以一种奇特的方式围绕着她的头颅,披散在她裸露的肩膀上,发间似乎沾着一些细小的颗粒，或许是玻璃碴，一些微小的、闪闪发光的镜面。磷光。海洋里才有的荧光。

是她吗，印度医生问我。

是的，是她，我说。

楼上的医院办公室里，一位刑警坐在靠窗的散热器前，我们进去的时候他站起身，礼貌地向我伸出手。印度医生打开咖啡机，放了两个杯子在桌上，指了指他的椅子示意我坐下，然后转身离开，把我和那位警官单独留在房间里。警官和我年纪相仿，看上去一脸疲倦，此刻他一定和我一样，希望自己在别的什么地方而不是这里。我们俩一动不动地盯着咖啡机，等咖啡做好后，他给我和自己各倒了一杯，然后做了个询问的表情问我要不要加伴侣和糖，我表示两个都不要，他说他也是，向来只喝黑咖啡。

我哥哥发现尼克后便打电话报警，叫了救护车。尼克身上没有证件，什么都没有，她没有亲属，没有家人，除了我哥哥以外没有任何可以通知的人。我哥哥发誓说，那个躺在柏油路上的面目全非的人就是尼克，但把她轧死的人不是他。无论如何他的车身上没有任何相关的痕迹。七点到九点这段时间我哥哥没有不在场的证据。也再找不到另外的人来辨认尼克的尸体，"锚"的老板说他没胆量去，酒馆里的几位熟客也一样。

您知道吗，警官说，拖车里的人什么都没有听到。女孩是在他们的拖车前被轧死的，他们说什么也没看到，也没听到。

我说，我不认识拖车里的那些人。

他说，但那个年轻女人您是认识的。

我说，算不上认识。

她去拖车里做什么。

我直起身，把手心往牛仔裤上擦了擦，然后是手背。

我说，我猜她在打牌，要么是在干别的，您怎么认为。

她在打牌，他重复了一遍我的话，语气温和，若有所思。他的目光一动不动地聚焦在我身后那面墙上的某一点，我不得不努力克制才能不转回头去看个究竟。

接着他说，但不管怎么说您有不在场的证据。

总之当时我在上班，我说，我在我哥哥的酒吧里工作到晚上十点，打烊后骑车回了家。

有证人吗，他说。

很多人可以证明我九点半之前一直都在，我说，那些坐在吧台前喝酒的客人都可以；九点半以后就没有了。

好吧。

他打了个哈欠，微微一笑，伸出一只手把医生办公桌上的听诊器、笔和鼠标推来推去，仿佛在好奇别人平时是靠什么来打发时间的。他目不转睛地注视着摆在电脑旁的一张照片，显得不太礼貌。那是印度医生和家人的合影，照片上的背景与此刻窗外的风景截然不同。

他说，凶手不是您，这我很清楚。

您很清楚，我说。

他撅起上唇，那一瞬间我瞥见了他暴露出来的牙齿。

请注意，他说，我还要再找您的哥哥了解下情况，此外还要找其他人聊聊，比如说您的邻居什么的，但肯定要找您的哥哥聊聊。无论如何，您上班那段时间他不是碰巧才在店里；七点到九点之间也不是碰巧才坐在咖啡机旁边的老板位子上。

我吸了口气说，对，不是。

他点了点头说，这人是谁，这个尼克。

我说，是我哥哥的一个朋友，一位酒吧招待；她没什么特别，就是一个像您和我这样的普通人。

他们说我可以走了。我和印度医生握了握手。有那么一刻，我们就那样握着对方的手站在那里，他的手很干燥，给人以极大的抚慰，瘦长的拇指搭在我的脉搏上。他在他的头脑中对我，对我的家庭，对我的"丈夫"和"公公"有一番设想，他认为我理所当然地隶属于一个家族，一个谱系，我的生命留下了印记，当我自己都回想不起这些印记的时候，它们还能在其他人的记忆中得以留存。我的头脑中也有关于他，关于他的家庭和家族的想象。下次在这里遇到他的时候我可以纠正我留给他的这种印象。他先松开我的手，我转身离去，医院的大门在我身后合上。

在医院外面的停车场，咪咪和我哥哥正坐在咪咪的车里。整整一年我都在盼着下雨，但那种企盼的心情从未像此刻这样清晰和迫切——我渴望着一场大雨从天而降，把一切冲刷殆尽，让一切消失，一干二净。就像诗里描绘的那种雨，一场救赎灵魂的大雨。在我的想象中，咪咪和我哥哥被挡风玻璃遮住的脸变得越来越模糊，瓢泼大雨仿佛为他们提供了一种庇护。然而并没有雨。我能清楚地看到他们，看到他们脸上的惨白和无助。我哥哥抽着烟，把烟雾从敞开的车窗里吐出去。他们呆望着我，一动不动。熬了一个通宵后他们俩已经筋疲力尽，而且他们知道我不会带来任何新的消息。

我钻进后排座位，拉上车门。我注意到楼上那位刑警正一动不动地站在窗边望着这里。

咪咪转过身来问我，是她么。

我不解地说，当然是她，不然呢。

我哥哥没有回头看我，他把烟头往窗外一丢，突然嚎啕大哭起来，他不住地抽泣，整个身体都在剧烈地抖动，接着他猛地往靠背上一倒，身子蜷成一团。咪咪发动车子，踩下油门，把车开到安全杠前，安全杠毫无悬念地升起，我们重新上了公路。

我们一起回到我哥哥的住处。咪咪把车开上门前的车道，然后停车，拉下手刹，我们从车里出来。夜晚有些凉，已经能感觉到一丝秋意，所有的色彩都显得暗淡无光。俄克拉荷马玫瑰散发着混合了泥土味的芬芳，和六月里的气息不同，带有一种饱满的、凝结了时光的厚重感。我突然想起已经很久没有给它们剪枝了，因为无人照管，这些花肆意疯长，像是一片野玫瑰。我知道自己这辈子都不会再去修剪它们，就留给另外的人去照管好了，也许咪咪会接手这事。咪咪拎着篮子走在前面，篮子里装着她采买来的东西。她从我哥哥手上接过钥匙，开门，开灯，把她的外套挂到那个上世纪初造的古董衣帽架上，把篮子放到餐桌上，里面的东西一样样取出来。

她买了一只生鸡。

还有蔬菜、土豆和白面包。

我哥哥和我坐到餐桌前。我们没脱外套，只是木然地坐在那里望着咪咪在厨房的水槽边洗手。她像一个外科大夫那样一丝不苟地搓洗手心，手背，手腕，手指，指尖，然后又把同样的程序从头到尾重复一遍；我们望着她把蔬菜洗净，削皮，切块，剁碎香菜、洋葱、大蒜，还有鲜亮的红椒。她在炉灶上烧了一锅水，往里面撒了一大把盐，把鸡肉冲洗干净，然后拉开餐具柜抽屉，在一堆削皮刀、餐巾环和火柴盒中间翻来翻去，想找出把锋利点的刀，最后终于找到了。接下来她顺着中线把鸡身一分为二，再把关节一一折断，将清理出来的内脏堆在一只碟子上；水烧开了，她把鸡腿、芹菜、胡萝卜和土豆丢进锅里，动作中带着一种特别的气度，又或是漫不经心的表现。她在煮一锅原汤。万物起源之汤。她俯身凑到锅前，用一把木勺在里面来回搅动，像是在搅一只泡着脏衣物的洗衣桶。

她说，我们大家现在需要来点热的，比如一盘热乎乎的浓鸡汤。

我不确定自己是不是需要吃热的。我感觉不到冷热。我只想离开。

我对我哥哥说，是你把她撞死的吗。

我哥哥望着我，仿佛他从不认识我，就好像坐在他餐桌前的我是个陌生人。他的黑眼圈变成了青紫色，嘴唇干得发白，嘴角上沾着口水沫。

他说，我们俩没吵架，月底的时候她辞了工，我本来打算把店关掉然后和她一起去旅行，她说她想和我一起去。我像往常一样开车把她送到拖车营那边，她跟我说她可能会待得久一点，需要我来接的时候会打电话给我。她没有打过来，我——，说到这儿我哥哥突然哽住了；他声音发颤，头也在抖。

我要把鸡肝先煎一下，还有鸡心，咪咪说，你们不吃我吃。

我哥哥突然伸出手一把抓住我的胳膊，把我往他那边拽。他掐住了我的皮肤，把我弄得生疼。

他说，后来我就开车回来了，然后一直待在家里。

说着他松开我，用手在周围划了一圈：餐桌上方空荡的搁架——挂在上面的杯子都不见了——炉子，餐具柜，尼克留在窗台上的发夹，她的小猫打火机，金蜜护手霜，X-Lash 睫毛液，帮客人点餐用的便签本，树莓糖。

他说，我一直在等她的电话，但没有等到，后来我突然意识到不对劲，拨她手机没人接，我就开车去找她。赶到拖车营那边的时候，人已经横在马路中间了。不是我撞的，但差一点就撞上去了。她就那么突然一下子冒出来，被前灯照着，我还以为是在做梦。周围一个人影也没有，拖车里全都黑着灯。你说我们该怎么办,接下来会有什么麻烦吗。

尼克说的没错,你一张着嘴巴就是在耍花招。我回想起那个在壁炉旁边的角落里跳舞的身影,为什么偏偏是在这个地方,在挂满了灰尘的蛛网前,在蓝色瓷砖前。她的查尔斯·曼森夹克哪去了,她的手机呢,我问自己,她的Skip-Bo纸牌和口琴盒呢,还有那些一碰就会散架的细细软软的小骨头呢,它们都到哪去了。怨恨与恶意。

谁来给这么一个人张罗葬礼呢,咪咪说。

什么叫这么一个人,我哥哥说。

没有家的人啊,咪咪满不在乎地说,没钱,也没家的人。谁来弄这些吧,谁来决定葬礼用什么仪式。

我,我哥哥说,我来决定。

火葬呢还是土葬,咪咪说,要么就海葬——嘻,海葬还是免了吧。

我起身说我得走了,抱歉。他们俩没有表示反对,既没有阻拦也没有挽留。他们坐在桌前,汤锅上冒着白汽,一股油脂、月桂叶和发烫的铁的味道飘散开来。吊灯低垂在餐桌上方,灯光映着咪咪和我哥的脸。两张半明半昧,没有表情的脸。咪咪面无表情。一张遗落在时间之外的脸，没有年龄，不苟言笑，平得像块玻璃。我想我是爱她的，她应该也知道我是爱她的。我朝他们摆了下手抽身而去。我穿过沉睡的村庄，沿着弯弯曲曲的乡间公路，回到河对岸的家。钥匙就放在门边的贝壳底下，我一点也不记得是从什么时候起开始习惯把钥匙放在那里，而不是带在身上。但这习惯已经有段时间了。我有种感觉，用不了多久我就不再上锁了，到最后我会任由房门大敞。厨房里很安静，空无一人。我把奥蒂斯寄来的包裹放到桌上，脱掉外套，拧开笼头接了杯水，把剩下的最后三支蜡烛点上。我很想把包裹先放到一边，让它一直放在那儿，过会儿再拆，但那种莫名的情绪很快就过去了。我把杯子里的水喝完，接着又喝了一杯，然后坐下来，拆开柔软的褐色包装纸。

里面是一只鞋盒。奥蒂斯在盒盖上写了几行字："亲爱的，我在试着把收藏的东西清理掉，因为这世界正在瓦解。这里面有些东西或许是你用得着的，我把它们寄给你，好让我们不会在彼此眼里消失。"我打开盒盖，里面是他寄给我的东西：一台短波收音机，Salut 001，苏联产，做工精致，看上去有些年头了，大概跟我年纪差不多。他没忘记装电池，开关一拧开标尺就亮了，在 4625 千赫那里他用马克笔做了个标记。我拉开天线，从左往右小心翼翼地转动调频旋钮。器乐声,铜钹,沙锤。狗吠声,一个女人大笑时的颤音,轻柔的絮语,忧郁而疲倦。发电机的嗡嗡声。集市上的叫卖声。查特·贝克[1]吹奏的小号。呼啸远去的列车。4625千赫是帆具发出的叮当声,还有什么东西在风中猎猎作响。可能是帆。或许是安的声音,从很远很远的地方飘来,如此欢快,只可能来自旧日的好时光。我能听到她的声音,她在唱着一首童谣,千真万确。或许是我在做梦,这一切都是我梦里见到的,还有尼克,我梦到了她高高的颧骨,她的纸牌,她桀骜不驯的样子;我梦到了安和奥蒂斯,梦到了海水,我的童年,还有我自己。

---

[1] Chet Baker(1929—1988),美国爵士乐小号手,歌手。

在卷烟厂上班那会儿，工人们下班后都得走过一盏信号灯，那是一台随机发生器——如果是绿灯就照常放行，如果碰上红灯，门卫就会从他那间小屋里钻出来对你搜身。他会把你叫到一边，拿走你的包，把里面的东西一股脑地倒在桌上，在里面翻来翻去；他还会盯着你的外套看上半天，再伸手过来捏一捏你的外套衬里。按规定他是不可以对女工搜身的，但显然他很想这么做。一旦发现谁偷藏香烟，他会二话不说把她拽到工长那里当场开掉。偷烟者立马滚，这是那儿的规矩。

我天天都偷。而且偷的量和我每天抽的一样多：一整盒。我不是一根一根分开偷，而是偷一整盒，一般是软装。离开车间的时候顺手从流水线上拿一包，往蓝大褂兜里一塞，等进了更衣间再取出来藏进自己的挎包。我期待信号灯在我经过的时候突然变红，我一直在渴望那一刻。我总是故意放慢脚步，走到那里的时候磨磨蹭蹭止步不前，直到门卫从他那本涂得面目全非的数独册子上抬起头，朝我这边看过来，一面放下手里的咖啡杯，问我怎么回事。绿灯，而且从来都是绿灯。被迫把包交给他搜查的每次都是别人而不是我，在工厂上班的那几个星期、几个月里，我没有碰上过一次红灯。

餐厅里有荤菜和素菜。素菜只有一种。盛在铝盆里的淋了法式酱汁的沙拉。还有就是我从来不喝的盒装巧克力奶。女工们的鞋底把地板革蹭得叽嘎作响。正前方的落地玻璃窗前摆着些盆栽植物，这些花有专人负责照管，给它们浇水，剪枝，换盆，清理落叶。

木槿。有的是像睡莲那样的黄色，有的是淡粉色。

餐厅里的声音很特别，取餐口前面的长龙里传出低语声，一种礼貌而又乏味的交谈，为的只是一小步一小步地往前挪动，希望以此来遮掩整个场景中无处不在的尴尬。你端着一只盘子站在队伍里，等人给你往盘子里盛菜。厨房里的女工瞟都不瞟你一眼，她们既像是在冥想，又像是在走神，给人一种闭目塞听无动于衷的印象，她们只是在应付差事，你要什么她们就给你添什么。面条上浇点汁，谢谢。土豆别盛太多，豌豆尽量不要。托盘是灰色的，餐巾纸只有巴掌大小，看起来很寒酸，有时候领到的刀叉是弯的，显然有人在餐桌上发过飙。外面的光线照进大厅，明亮，耀眼，简直一片灿烂，这多少有点讽刺。窗户外面是一个停车场，停车场后面是带花园的独栋别墅，还有最早出现在这个城市里的一片高楼。

我清楚地记得，在那个餐厅吃午饭的时候我会突然无法下咽。我不记得到底是在流水线上干活的那家工厂，还是陪客人参观、然后陪他们一起吃午餐的第二家。反正都一样。我坐到桌前开始吃，吃的东西跟平时没什么两样，不好不坏，我也没有在意好不好吃，只是把盘子里的东西叉起来送进嘴里，嚼了嚼想要咽下去，却怎么也咽不下去。无论如何都不行，无法下咽。我完全忘了人是怎么吞咽的，忘了该怎么调动用来吞咽的肌肉，忘了怎么才能把嘴里的东西送下去——我丧失了吞咽的能力。我知道，如果我勉强下咽的话很可能引起肌肉痉挛，食物会卡在食道里把我呛死。有时我好不容易才死里逃生挺过这关键的一咽。我暗自在桌下死死别住椅子腿，绷紧身体拼命下咽，最后好歹咽了下去，但那之后我也没法再继续吃了，生怕同样的情节再次上演。有几次我吃着吃着突然不能下咽，不得不起身跑到卫生间去呕吐，吐完之后再回到桌前，把几乎没怎么动过的午餐拿去倒掉，一面向旁边的人解释说我没事，现在好了，没问题，谢谢。真是噩梦般的经历。

那时候我对肉桂口香糖有种偏爱。这种糖只有大袋的，我每次一嚼就停不下来，只好一块接一块不断地往嘴里塞，口水快要溢出来。肉桂味从口香糖里涌出来的那个瞬间非常之短，让人欲罢不能。

奥蒂斯是对的，我有时候去露天浴场游泳。一般是在初夏和初秋，盛夏的时候对我来说人有点多。我从不关心自己游了几圈，或许每次有半小时那么久。我随身带一块草垫，一只篮子，里面放着防晒霜、一瓶水和一本书。我趴着躺在阳光下，躺着躺着就睡着了。一天傍晚，雷雨云从城市上空经过，突然间电闪雷鸣大雨如注，周围的人们仓惶四散。我穿上裙子，跑到更衣间去躲雨，我很喜欢雷雨天。浴场有男用的大更衣室和女用的大更衣室，也有可以单独换衣服的小更衣室，我一路奔过去，最后一间更衣室里站着一个男人；之前我注意过他，因为他总是一次又一次重复不断地跳水。他爬上跳台，身姿优美地头朝前一跃而下，在水里游上一圈，有时是两圈，然后从泳池里爬出来，登上跳台再来一遍。他看上去像是美国人，身材魁梧，一头金发，肌肉发达，他身上有一种不可思议的魅力，一种特别冷酷的东西。他站在敞开的更衣室门前，光着身子。我拎着自己那堆东西——篮子、草垫、凉鞋，朝他走去。他侧转身让我进去，在我身后把门合上，闩好。我把自己脱光，雨点疯狂地敲打着我们头顶上方的玻璃顶棚，像是倾泻而下的牛奶。

在那里也遇到过另一些男人。

我和奥蒂斯是在电影院里认识的。那是在冬天，一部下午场的电影，我忘了是什么片子，只记得那天从一大早开始就在下雪。那是间老旧的电影院，在那种地方，整个下午场通常只有你一个人，甚至夜场也是。我喜欢一个人去看电影。我买了票，卖票的女人把锁着的放映厅给我打开，然后检票，放电影，全都是她一个人。开场前我去上厕所，厕所旁边是一扇朝向院子的门，门敞开着。院子里有一个男人和一条狗。光线昏暗。白的雪，黑的男人，黑的狗。男人把一根树枝拿在手上，狗咬着树枝的一头不放。他们在争抢。狗松开嘴，男人把树枝举高，狗一跃而起。那狗是一头狼。

电影里的房子以慢镜头的方式缓缓倒塌。灰扑扑的廉价出租房；破拆用的巨大钢球呼啸着砸向楼体，砸向围墙，房屋轰地坍塌，陷落。废墟上烟尘四起。灰烬。

从电影院出来时天已经黑了，那个男人坐在门厅里。他正在等我。狼不见了。马路上一片白。在我们走着的这一侧，城市如蜂群般不断向后闪避，越飞越高，越飞越远，把路让给了我们。

我奇怪自己为什么在遇到那个魔术师和他的妻子时一点也不害怕，为什么我会去找他们，就像是我在梦游一般。忽然之间，我又想起了这一切，而在当时却浑然不觉。那些被奴役，折磨，囚禁和凌辱的女人，咪咪说过的话，那些被关进箱子里，往床下一塞的女人，需要的时候就拎出来，之后又被关进箱子。为什么我当时没有想到这些；或许我想到过，但却不以为意。魔术师为我打开门，我走进他的房子。我喝了他递给我的冰茶，躺进他的箱子，他把箱子锁上，再打开，他的妻子在一旁看着我们。我一定是在期待着他把我锯成两半，但他没有。我一直在随波逐流，或许安也是。在茫茫大陆的边缘，在一切都变得无比严酷的地方，她的坐标越来越远。她进入一片海，一片模糊不清，已经无法在地图上找到标记的海。仿佛世界是一个球，球迸裂开来，有什么东西不断地从里面涌出，汇成一个宇宙。

咪咪把她在那些夜晚做的东西拿给我看，她创作的雕像。不是人鱼，也不是海妖。是一个坐着的女人，裸着身体，蜷屈的两腿紧贴身体，双手被缚，十指相交，下巴抵在膝盖上，盘着厚重的发髻，双眼紧闭。

她说，等我真正做完了再送给你，现在还远没有完，还需要一点点时间。

她说，她看上去就像是你，你觉不觉得，你发现了没有，这就是你在我眼里的样子。

我对阿利尔德说，我曾经遇到过一个女人，她原本可以登上一艘去往新加坡的豪华游轮，给一个魔术师做助手；就是那种躺在箱子里被锯成两截的年轻女郎，你知道这种魔术吧。

我知道阿利尔德听不太懂这种有点长的故事。语言似乎会扰乱他的直觉，让他无法听凭自己的直觉去理解和感受，而且他也缺乏耐心，忍受不了这种稍嫌冗长的故事；况且他或许根本就没有兴趣。但他有一种直抵事物本质的眼光，能够直击要害。

知道，阿利尔德说，人人都知道，不是吗。

他不会说你为什么给我讲这个。

不会说你是怎么想到这个的。

他不会去揣摩你的用意，不会想到你是要通过一个故事来说明什么。

我说，那个女人也知道这种魔术。她让那个魔术师带她试了一下，不是在游轮上，是在陆地上，在一栋别墅里，和魔术师的妻子一起。他们试了一下看能不能合作，彼此合不合拍。事实证明她很适合，但她最终还是选择了拒绝。她没有跟着他们一起去新加坡。

搞不好会出意外，阿利尔德说，在那种地方。你永远不知道自己会遇到什么样的变态，你想象不到他们会对你做什么。

是的，我说，是有这种可能；但事实上意外并没有发生，无论如何不是以那种司空见惯的方式。

我们默不作声，各自追随着自己脑子里的念头。我和他裸着身子依偎在一起，我趴在床上，阿利尔德的胳膊搭在我后背上，很温暖。自从上次我陪他送奥诺去医院之后，他常常到我这里来。尼克死了之后他来得更多了。他在我这里过夜，他说他很喜欢我房子里这种空荡荡的样子；他居然会觉得我这栋空空如也的房子"很舒适"，他就是这么说的，很舒适。这是他的原话。对装在我卧室门上的插销他未置一词，也没有发现我藏在床下的胡椒喷雾、手枪和刀。我很喜欢他在我这里过夜。入睡时有人陪伴是一件很美妙的事，你不用独自一人，不用醒着躺在床上，被迫去听深夜里的各种声响，等待着什么发生。每当阿利尔德在我这里过夜的时候，那个东西就潜伏不动——如果它还在这栋房子里的话；我就像一块沉落到水底的石头那样安然入睡，睡梦把我带走，带到一个很深很深的地方，把我安放在那里。

我说，那个女人告诉我，很多年以后她还是有一种感觉，觉得自己身上有什么东西遗落在了那个箱子里。她感到自己的一部分还躺在那，一个重要却无法名状的部分。

灵魂，阿利尔德说。

不全是，我说。

我猜她很年轻。

非常年轻，二十出头。

阿利尔德说，我年轻的时候，有一次兽医上门来。那时奥诺和安姆珂已经搬走了，我接手了农场。他们把所有的东西都搬走了，只留下一张餐桌、一把椅子、一个电视机。

他翻了个身，床晃了一晃，他的身体有些重量。他压到我身上，手探进我腿缝，膝盖抵在我两腿之间，把它们分开，然后用手指进入我。他向我发出索求，试图唤醒我的身体，以迎接再一次的进入。

我的耳边是他平静的呼吸。

吸气，呼气。

他说，兽医来察看猪的情况，我像瘫痪了一样没法动弹，我没法和他交谈，没法起身去打开猪栏，陪他一起去看那些猪。倒也不是非去不可，因为他对这里已经很熟了，就自己去猪舍那边看了看，之后又从后面穿过厨房走进来，站在起居室门口。当时我就坐在电视机前唯一的那把椅子上，他对我说一切正常，接着走进房间，走到我面前，把一只手搭在我肩膀上。他说，你是不是有什么打算。

阿利尔德用手肘撑在床上，把我的脸朝他扳过来，一面轻轻地抓住我的头发。房间里一片漆黑，我们几乎看不清对方的脸。

他轻声说，我没有打算做什么。我没有做任何决定，他是知道的，他只是出于友好随口一问。我忘不了他把手放在我肩上的样子。无论如何，换作是我，我也不会去新加坡。即使是现在我也哪都不去。我就待在这里。

是的，我说，我知道。

这天夜里，我被笼子合上的声音猛然惊醒。奇怪的是我恰巧在那之前的一刹那醒了过来；我醒过来，然后听到笼子"咔哒"一声。这一次，被关进去的那个东西没有挣扎，而是立刻僵住了，开始一动不动地等待；它退缩回自己的世界，把我的时间隔绝在外。阿利尔德睡得很沉，他的呼吸平静而深沉，中间隔着很长的停顿。我想着早上在他走之前让他去查看一下笼子里的情况，但凌晨四点半的时候他手机响了，我半梦半醒，懒得开口说话。他摸索着穿过走廊，走进浴室，响亮地小便，然后洗脸，穿好衣服独自离开。我又睡了过去。醒来的时候是八点钟，天已大亮，于是我便起了床。

我沏好茶，端着茶杯走进花园。田野上笼罩着一层秋天的雾气，远处的烟囱没有冒烟，一只只埃及雁伏在垄沟里，灰白的一片，像快要融化的雪。太阳悬在堤坝上，玻璃般浑浊。我端着茶绕到屋后，来到雨篷下。浅滩航道里的海水凝固不动，有着锡一样的颜色。一种陌生的，不为人知的元素。对岸的马匹依偎在一起，我听到它们在打响鼻，听到马蹄在坚硬的土地上踢踏的声音。笼子就在角落里，两侧的门板紧闭着，里面没有东西在动，什么都没有，悄无声息。

我搬了张椅子，坐到笼子旁。

喝完茶，我把剩的一点杯底泼到草坪上。接着我弯下腰，深吸一口气，打开了笼门。

图书在版编目（CIP）数据

在家 / （德）尤迪特·海尔曼著；史竞舟译.
上海：上海文艺出版社，2025. -- ISBN 978-7-5321
-9286-1

Ⅰ. I516.45

中国国家版本馆CIP数据核字第2025AL2876号

Originally published as "Daheim"
Copyright © 2021 S.Fischer Verlag GmbH, Frankfurt am Main
Simplified Chinese translation rights arranged through The PaiSha Agency
Die Übersetzung dieses Werkes wurde vom Goethe-Institut China gefördert
本书获得歌德学院（中国）全额翻译资助
著作权合同登记图字：09-2021-0966

出版统筹：肖海鸥
责任编辑：肖海鸥　叶梦瑶
封面设计：孙　容
内文制作：常　亭

书　　名：在家
作　　者：［德］尤迪特·海尔曼
译　　者：史竞舟
出　　版：上海世纪出版集团　上海文艺出版社
地　　址：上海市闵行区号景路159弄A座2楼　201101
发　　行：上海文艺出版社发行中心
　　　　　上海市闵行区号景路159弄A座2楼206室　201101　www.ewen.co
印　　刷：苏州市越洋印刷有限公司
开　　本：1092×850　1/32
印　　张：6.375
字　　数：102,000
印　　次：2025年5月第1版　2025年5月第1次印刷
Ｉ Ｓ Ｂ Ｎ：978-7-5321-9286-1/I.7283
定　　价：52.00元
告　读　者：如发现本书有质量问题请与印刷厂质量科联系　T：0512-68180628